世间种种美好，予你心欢喜

名家经典
精选畅销
美文代表作

Classic Essays

种种有情
种种可爱

全彩插画最美典藏

张晓风 作品

CNS 湖南文艺出版社 HUNAN LITERATURE AND ART PUBLISHING HOUSE 博集天卷 CS-BOOKY

种种有情
种种可爱

目　　录

Contents

人生最重要的事

083

生命刚刚好的温度

133

这一生，为美而存在

167

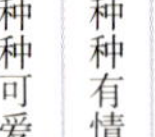
种种有情
种种可爱

自序

一部分的我

我不喜欢写小传，因为，我并不在那里面，再怎么写，也只能写出一部分的我。

一

我出生在浙江金华一个叫白龙桥的地方，这地方我一岁离开后就没有再去过，但对它颇有好感。它有两件事令我着迷：其一是李清照住过此地；其二是它产一种美味的坚果，叫香榧子。

出生的年份是一九四一年，日子是三月二十九日。对这个生日，我也颇感自豪，因为这一天在台湾正逢节日，所以年年放假，令人有普天同庆的错觉。成年以后偶然发现这一天刚好是英国女作家弗吉尼亚·伍尔芙的忌日，她是一九四一年三月二十八日离家去自杀的，几天后才被发现，算来也就是三月底吧！

有幸在时间上和弗吉尼亚·伍尔芙擦肩而过的我，有幸在李清照晚年小居的地方出生的我，能对自己期许多一点吗？

二

父亲叫张家闲，几代以来住在徐州东南乡二陈集，但在这以前，他们是从安徽小张庄搬去的，小张庄在一九八〇年前后一度被联合国选为模范村。

母亲叫谢庆欧，安徽灵璧县人（但她自小住在双沟镇上），据说灵璧的钟馗像最灵。她是谢玄这一支传下的族人，这几年一直想回乡找家谱。家谱用三个大樟木箱装着，在日本人占领时期，因藏在壁中，得避一劫，不料五十年后却遭焚毁。一九九七年，母亲和我赴山东胶南，想打听一个叫喜鹊窝的地方，那里有个解家村（谢、解同源，解姓是因避祸而改的姓），她听她父亲说，几百年前，他们是从喜鹊窝搬过去的。

我们在胶南什么也找不着，姓解的人倒碰上几个。仲秋时节，有位解姓女子，家有一株柿子树，柿叶和柿子竞红。她强拉我们坐下，我第一次知道原来好柿子不是“吃”的，而是“喝”的，连喝了两个柿子，不能忘记那艳红香馥的流霞。

家谱，是找不到了，胶南之行意外地拎着一包带壳的落花生回来，是解姓女子送的。吃完了花生，我把花生壳送去照相馆，用拷

贝的方法制成了两个书签，就姑且用它记忆那光荣的姓氏吧！

三

我出身于中文系，受“国故派”的国学教育，看起来眼见着就会跟写作绝缘了。当年，在我之前，写作几乎是外文系的专利，不料在我之后，情况完全改观，中文系成了写作的主力。我大概算是个“玩阴的”改革分子，当年教授不许我们写白话文，我就乖乖地写文言文，就作旧诗，就填词，就度曲。谁怕谁啊，多读点旧文学怕什么，艺多不压身。那些玩意儿日后都成了我的新资源，都为我所用。

四

在台湾，有三个重要的文学大奖，中山文艺奖、台湾文艺奖、吴三连文学奖，前两项是官方的，后一项是民间的，我分别于一九六七年、一九八〇年和一九九七年获得。我的丈夫笑我有“得奖的习惯”。

但我真正难忘的却是“幼狮文艺”所颁给我的一项散文首奖。

台湾刚“解严”的时候，有位美国电视记者来访问作家的反应，不知怎么找上我，他问我“解严”了，是否写作上比较自由了？我说没有，我写作一向自由，如果有麻烦，那是编者的麻烦，我自己从来不麻烦。

唯一出事的是有次有个剧本遭禁演，剧本叫《自烹》，写的是易牙烹子献齐桓公的故事（此戏二十世纪八十年代曾在上海演出），也不知那些天才审核员是怎样想的，他们大概认为这种昏君佞臣的戏少碰为妙，出了事他们准丢官。其实身为编剧，我对讽刺时政毫无兴趣，我想写的只是人性。

据说我的另外一出戏《和氏璧》在北京演出时，座中也有人泣下，因为卞和两度献璧、两度被刖足，刚好让观众产生共鸣。其实，天知道，我写戏的时候哪里会想到这许多，我写的是春秋时代的酒杯啊！

五

我写杂文，是自己和别人都始料未及的事。躲在笔名背后喜怒笑骂真是十分快乐。有时听友人猜测报上新冒出来的这位可叵是何许人也，不免十分得意。

龙应台的《野火集》在二十世纪八十年代的台湾的确有燎原功能，不过在《野火集》之前，我以桑科和可叵为笔名，用插科打诨的方式对威权进行挑战，算是一种闷烧吧！

六

我的职业是教书，我不打算以写作为职，想象中如果为了疗饥而去煮字真是凄惨。

我教两所学校，阳明大学和东吴大学。前者是所医科大学，后者是我的母校。我在阳明属于“通识教育中心”，在东吴属于中文系。

我的另一项职业是家庭主妇，生儿育女占掉我生命中最精华的岁月。如今他们一个在美国西岸加州理工学院读化学，一个在美国东岸纽约大学攻文学，我则是每周末从长途电话中坐听“美国西岸与东岸汇报”的骄傲母亲。（这篇文章是十几年前写的，现况是，他们皆已得到学位回台就业了。）

我的丈夫叫林治平，湖南人，是我东吴大学的同学。他后来考入政大外交研究所，他的同学因职务关系分布在全球，但他还是选择了在中原大学教书，并且义务性地办了一份杂志。杂志迄今持续了四十多年，也难为他了。

七

最近很流行一个名词叫“生涯规划”，我并不觉得有什么太大的道理，无非是每隔几年换个名词唬人罢了！人生的事，其实只能走着瞧，像以下几件事，就完全不在我的规划掌控中：

1. 我生在二十世纪中叶；

2. 我生为女子；

3. 我生为黄肤黑发的中国人；

4. 我因命运安排在台湾长大。

至于未来，我想也一样充满变数，我对命运采取不抵抗主义，反正，它也不曾对我太坏。我不知道，我将来会写什么，一切随缘吧！如果万一我知道我要写什么呢？知道了也不告诉你，哪有酿酒之人在酒未酿好之前就频频掀盖子示人的道理？

我唯一知道的是，我会跨步而行，或直奔，或趑趄，或彳亍，或一步一踬，或小伫观望，但至终，我还是会一步一个脚印地往前走去。

我喜欢活着，生命是如此充满了愉悦。

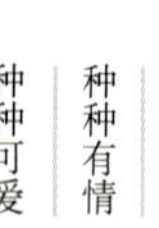
种种有情
种种可爱

冷暖是人间

我多愿自己也是一份千研万磨后的香醇，

并且被慎重地斟在一只洁白温暖的厚瓷杯里，

带动一个美丽的清晨。

有时候，我到水饺店去，饺子端上来的时候，我总是怔怔地望着那一个个透明饱满的形体，北方人叫它“冒气的元宝”，其实它比冷硬的元宝好多了，饺子自身是一个完美的世界，一张薄茧，包覆着简单而又丰盈的美味。

我特别喜欢看的是捏合饺子边皮留下的指纹，世界如此冷漠，天地和文明可能在一刹那之间化为炭劫，但无论如何，当我坐在桌前，上面摆着的某个人亲手捏合的饺子，热雾腾腾中，指纹美如古陶器上的雕痕，吃饺子简直可以因而神圣起来。

“手泽”为什么一定要拿来形容书法呢？一切完美的留

痕，甚至饺皮上的指纹不都是美丽的手泽吗？我忽然感到万物的有情。

巷口一家饺子馆的招牌是正宗川味山东饺子馆，也许是一个四川人和一个山东人合开的。我喜欢那招牌，觉得简直可以画入《清明上河图》，那上面还有电话号码，前面注着TEL，算是有了三个英文字母，至于号码本身，写的当然是阿拉伯文，一个小招牌，能涵容了四川、山东、中文、阿拉伯（数）字、英文，不能不说是一种可爱。

校车反正是每天都要坐的，而坐车看书也是每天例有的习惯。有一天，车过中山北路，劈头栽下一片叶子竟把手里的宋诗打得有了声音，多么令人惊异的断句法。

原来是从通风窗里掉下来的，也不知是刚刚新落的叶子，还是某棵树上的叶子在某时候某地方，偶然憩在偶过的车顶上，此刻又偶然掉下来的。我把叶子揉碎，它是早死了，在此刻，它的芳香在我的两掌复活，我揸开微绿的指尖，竟恍惚自觉是一棵初生的树，并且刚抽出两片新芽，碧绿而芬芳，温暖而多血，镂饰着奇异的脉络和纹路，一叶在左，一叶在右，我是庄严地合着掌的一截新芽。

两年前的夏天，我们到堪萨斯去看朱和他的全家——标准的神仙眷属，博士的先生，硕士的妻子，数目“恰恰好”的孩子，可靠的年薪，高尚住宅区里的房子，房子前的草坪，草坪外的绿树，绿树外的蓝天……

临行，打算合照一张，我四下浏览，无心地说：

“啊，就在你们这棵柳树下面照好不好？”

“我们的柳树？”朱忽然回过头来，正色地说，“什么叫我们的柳树？我们反正是随时可以走的！我随时可以让它不是‘我们的柳树’。”

一年以后，他们全家都回来了，不知堪萨斯城的那棵树如今属于谁——但朱属于这块土地，他的门前不再有柳树了，他只能把自己栽成这块土地上的一片绿意。

春天，中山北路的红砖道上，有人手拿着用粗绒线做的长腿怪鸟在兜卖，风吹着鸟的瘦胫，飘飘然好像真会走路的样子。

有些外国人忍不住停下来买一只。

忽然，有个女人停了下来，她不顶年轻，三十岁左右，一看就知是由于精明干练日子过得很忙碌的女人。

“这东西很好，”她抓住小贩，“一定要外销，一定赚钱，你到××路××巷×号二楼上去，一进门有个×小姐，你去找她，她一定会想办法给你弄外销！”

然后她又回头重复了一次地址，才放心地走开。

台湾怎能不富，连路上不相干的路人也会指点别人怎么做外

销。其实，那种东西厂商也许早就做外销了，但那女人的热心，真是可爱得紧。

暑假里到中部乡下去，弯入一个岔道，在一棵大榕树底下看到一个身架特别小的孩子，把几根绳索吊在大树上，他自己站在一张小板凳上，结着简单的结，要把那几根绳索编成一个网花盆的吊篮。

他的母亲对着他坐在大门口，一边照顾着杂货店，一边也编着美丽的结，蝉声满树，我停下来和那妇人搭讪，问她卖不卖，她告诉我不能卖，因为厂方签好契约是要外销的。带路的当地朋友说他们全是不露声色的财主。

我想起那年在美国逛梅西百货公司，问柜台小姐那台录音机是不是台湾做的，她回了一句：

“当然，反正什么都是日本跟台湾来的。”

我一直怀念那条乡下无名的小路，路旁那一对富足的母子，以及他们怎样在满地绿荫里相对坐编那织满了蝉声的吊篮。

我习惯请一位姓赖的油漆工人，他是客家人，哥哥做木工，一家人彼此生意都有照顾。有一年我打电话找他们，居然不在，因为到关岛去做工程了。

过了一年才回来。

“你们也是要三年出师吧？”有一次我没话找话地跟他们

闲聊。

“不用，现在两年就行。”

“怎么短了？”

“当然，现代人比较聪明！”

听他说得一本正经，我顿时对人类的前途都乐观了起来，现代的学徒不用生炉子，不用倒马桶，不用替老板娘抱孩子，当然两年就行了。

我一直记得他们一口咬定现代人比较聪明时脸上那份尊严的笑容。

老王是一个包工头，圆滚滚的身材加上圆头圆脸圆眼睛——甚至还有个圆鼻子。

可是我一直觉得他简直诗意得厉害。

一张估价单，他也要用毛笔写，还喜欢盯着人问：“怎么？这笔字不顶难看吧？”

碰到承包大工程，他就要一个人躲到乌来去，在青山绿水之间仔细推敲工和料的盈亏。

有一次，偶然闲谈，他兴高采烈地提到他在某某地方做过工程。那是一个军事单位。

“有人说那里有核弹，你看到没有？”

“当然有！”

"有，又怎么会让你看见？"我笑了起来。

"老实说，我也没看见，"他也笑起来，不过仍是理直气壮地，"不过，有，我也说有；没有，我也说有；反正我就是硬要说它有。我们做老百姓的就是这样。"

有没有核弹忽然变得不重要，有老王这样的人才是件可爱的事。

学校下面是一所大医院，黄昏的时候，病人出来散步，有些探病的人也三三两两地散步。

那天，我在山径上便遇见了几个这样的人。

习惯上，我喜欢走慢些去偷听别人说话。

其中有一个人，抱怨钱不经用，抱怨着抱怨着，像所有的中老年人一样，话题忽然就回到四十年前一块钱能买几百个鸡蛋的老故事上去了。

忽然，有一个人憋不住地叫了起来：

"你知道吗？抗战前，我念初中，有一次在街上捡到一张钱，哎呀，后来我等了一个礼拜天，拿着那张钱进城去，吃了馆子，又吃了冰淇淋，又买了球鞋，又买了字典，又看了电影，哎呀，钱居然还没有花完哪……"

山径渐高，黄昏渐冷。

我驻下脚，看他们渐渐走远，不知为什么，心中涌满了对黄昏时分霜鬓的陌生客的关爱，四十年前的一个小男孩，曾被突来的好运弄得多么愉快，四十年后山径上薄凉的黄昏，他仍然不能忘记……不知为什么，我忽然觉得那人只是一个小男孩，如果可能，我愿意自己是那掉钱的人，让人世间平白多出一段传奇故事……

无论如何，能去细细体味另一个人的惆怅也是一件好事。

元旦的清晨，天气异样地好，不是风和日丽的那种好，是清朗见底、毫无渣滓的一种澄澈。我坐在计程车上赶赴一个会，路遇红灯时，车龙全停了下来，我无聊地探头窗外，只见两个年轻人骑着摩托车，其中一个说了几句话，忽然兴奋地大叫起来："真是个好主意啊！"我不知他们想出了什么好主意，但看他们阳光下无邪的笑脸，也忍不住跟着高兴起来，不知道他们的主意是什么，但能在偶然的红灯前遇见一个以前没见过以后也不会见到的人，真是一个奇异的机缘。他们的脸我是记不住的，但那不重要，重要的是我记得他们石破天惊的欢呼，他们或许去郊游，或许去野餐，或许去访问一个美丽的笑靥如花的女孩，他们有没有得到他们预期的喜悦，我不知道，但至少我得到了，我惊喜于我能分享一个陌路的未曾成形的喜悦。

有一次，路过香港，有事要和乔宏的太太联络，习惯上我喜欢凌晨或午夜打电话——因为那时候忙碌的人才可能在家。

“你是早起的还是晚睡的？”

她愣了一下。

“我是既早起又晚睡的，孩子要上学，所以要早起；丈夫要拍戏，所以要晚睡——随你多早多晚打来都行。”

这次轮到我愣了，她真厉害，可是厉害的不止她一个人。其实，所有为人妻、为人母的大概都有这份本事——只是她们看起来又那样平凡，平凡得自己都弄不懂自己竟有那么大的本领。

女人，真是一种奇怪的人，她可以没有籍贯、没有职业，甚至没有名字地跟着丈夫活着，她什么都给了人，她年老的时候拿不到一文退休金，但她却活得那么有劲头，她可以早起，可以晚睡，可以吃得极少，可以永无休假地做下去。她一辈子并不清楚自己是在付出还是在拥有。

资深主妇真是一种既可爱又可敬的角色。

文艺会谈结束的那天中午，我因为要赶回宿舍找东西，午餐会迟到了三分钟，慌慌张张地钻进餐厅，大家都按席次坐好了，已经开始吃了，忽然有人招呼我过去坐，那里刚好空着一个座位，我就不加考虑地走过去了。

等走到面前，我才呆了，那是谢东闵先生右首的位子，刚才显然是由于大家谦虚而变成了空位，此刻却变成了我这个冒失鬼的位子，我浑身不自在起来，跟“大官”一起总是件令人手足无措的事。

忽然，谢先生转过头来向我道歉：

“我该给你夹菜的，可是，你看，我的右手不方便，真对不起，不能替你服务了。你自己要多吃点。”

我一时傻眼望着他，以及他的手，不知该说什么。那只伤痕犹在的手忽然美丽起来，炸得掉的是手指，炸不掉的是一个人的风格和气度。我拼命忍住眼泪，我知道，此刻，我不是坐在一个“大官”旁边，而是一个温煦的“人”旁边。

经过火车站的时候，我总忍不住要去看留言牌。

那些粉笔字，不知道铁路局允许它们保留半天或一天，它们不是宣纸上的书法，不是金石上的篆刻，不是小笺上的墨痕，它们注定立刻便要消逝——但它们存在的时候，是多好的一根丝绦，就那样绾住了人间种种的牵牵绊绊。

我竟把那些句子抄了下来：

缎：久候未遇，已返，请来龙泉见。

春花：等你不见，我走了（我两点再来）。荣。

展：我与姨妈往内埔姐家，晚上九时不来等你。

每次看到那样的字总觉得好，觉得那些不遇、焦灼、愚痴中也自有一份可爱，一份人间的必要的温度。

还有一个人，也不署名，也没称谓，只扎手扎脚地写了“吾走矣”三个大字，板黑字白，气势好像要突破挂板飞去的样子。也不知道究竟是写给某一个人看的，还是写给过往来客的一句诗偈，总之，令人看得心头一震！

《红楼梦》里麻鞋鹑衣的疯道人可以一路唱着《好了歌》，告诉世人万般“好”都是因为“了断”尘缘，但为什么要了断呢？每次我望着大小驿站中的留言牌，总觉万般的好都是因为不了不断、不能割舍而来的。

天地也无非是风雨中的一座驿亭，人生也无非是种种羁心绊意的事和情，能题诗在壁总是好的！

种种可爱

作为一个小市民有种种令人生气的事——但幸亏还有种种可爱，让人忍不住地高兴。

中华路有一家卖蜜豆冰的——蜜豆冰原来是属于台中的东西（木瓜牛奶也是），但不知什么时候台北也有了——门前有一副对联，对联的字写得普普通通，内容更谈不上工整，却是情婉意贴，令人动容。

上句是：我们是来自淳朴的小乡村。

下句是：要做大台北无名的耕耘者。

店名就叫“无名蜜豆冰”。

台北的可爱就在于各行各业间平起平坐的大气象。

永康街有一家卖面的，门面比摊子大、比店小，常在门口换广告词，冬天是“100℃的牛肉面”。

春天换上“每天一碗牛肉面，力拔山河气盖世”。

这比“日进斗金”好多了，我每看一次简直就对白话文学多生出一份信心。

有一天在剧场里遇见孟瑶，请她去喝豆浆，同车去的还有俞大纲老师和陈之藩夫人，他们都是戏剧家，很高兴地纵论地方剧。忽然，那驾驶员说：

“川剧和湖北戏也都是有帮腔的呀！”

我肃然起敬，不是为他所讲的话，而是为他说话的架势，那种与一代学者比肩谈话也不失其自信的本色。

台北的人都知道自己有讲话的份，插嘴的份。

好几年前，我想找一个洗衣兼打扫的半工，介绍人找了一位洗衣妇来。

“反正你洗完了我家也是去洗别人家的，何不洗完了就替我打扫一下，我会多算钱的。”

她小声地咕哝了一阵，介绍人郑重宣布：

“她说她不扫地——因为她的兴趣只在洗衣服。”

我起先几乎大笑，但接着不由得一凛，原来洗衣服也可以是一个人认真的“兴趣”。

原来即使是在“洗衣”和“扫地”之间，人也要有其一本正经的抉择，有抉择才有自主的尊严。

带一位香港的朋友坐计程车去找一个地方，那条路特别不好找，计程车司机找过了头，然后又折回来。

下车的时候，他坚持要留下多绕了冤枉路的钱。

“是我看错才走错的，怎么能收你们的钱？”

后来死推活拉，总算用折中的办法，把争执的差额付了。香港的朋友简直看得愣住了，我觉得大有面子。

祝福那位司机！

我家附近有一个卖水果的，本来卖许多种水果，后来改了，只卖木瓜。见我走过，总要说一句：

“老师，我现在卖木瓜了——木瓜专科。”

又过了一阵，他改口说：

“老师，现在更进步了，是木瓜大学了。”

我喜欢他那骄矜自喜的神色，喜欢他四个肤色润泽、活蹦乱跳的孩子——大概都是木瓜大学作育有功吧？

隔巷有位老太太，祭祀很诚，逢年过节总要上供。有一天，我经过她设在门口的供桌，大吃一惊，原来她上供的主菜竟是洋芋沙拉，另外居然还有罐头。

后来想想，倒也发觉她的可爱，活人既然可以吃沙拉和罐头，让祖宗或神仙换换口味有何不可？

她的没有章法的供菜倒是有其文化交流的意义了。

从前，在中华路平交道口，总是有个北方人在那里卖大饼，我从来没有见过那种大饼整个一块到底有多大，但从边缘的弧度看来直径总超过二尺。

我并不太买那种饼，但每过几个月我总不放心地要去看一眼，我怕吃那种饼的人愈来愈少，卖饼的人会改行。我这人就是“不放心”（和平东路拓宽时，我很着急，生怕师大当局一时兴起，把门口那开满串串黄花的铁刀木砍掉，后来一探还在，高兴得要命）。

那种硬硬厚厚的大饼对我而言差不多是有生命的，北方黄土高原上的生命，我不忍看它在中华路上慢慢绝种。

后来不知怎么搞的，忽然满街都在卖那种大饼，我安心了，真可爱，真好，有一种东西暂时不会绝种了！

华西街是一条好玩的街，儿子对毒蛇发生强烈兴趣的那一阵子我们常去。我们站在毒蛇店门口，一家一家地去看那些百步蛇、眼镜蛇、雨伞蛇……

“那条蛇毒不毒？”我指着一条又粗又大的问店员。

“不被咬到就不毒！”

没料到是这样一句回话，我为之暗自惊叹不已。其实，世事皆可做如是观。有浪，但船没沉，何妨视作无浪；有陷阱，但人未失足，何妨视作坦途。

我常常想起那家蛇店。

有一天，在一家公司的墙上看到这样一张小纸条：

“请随手关灯，节约能源，支援十大建设。”

看了以后，一下子觉得十大建设好近好近，好像就是家里的事，让人觉得就像自家厨房里添抽风机，或浴室里要添热水炉，或饭厅里要添冰箱的那份热闹亲切的喜气——有喜气就可以省着过日子，省得扎实有希望。

为了整修“我们咖啡屋”，我到八斗子渔港去买渔网。渔网是棉纱的，用山上采来的一种植物染成赭红色，现在一般都用尼龙的了，那种我想要的老式的棉纱渔网已成古董。

终于找到一家有老渔网的，他们也是因为舍不得，所以许多年来一直没丢，谈了半天，他们决定了价钱：

“二角三！”

二角三就是二千三百元新台币的意思，我只听见城里市面上的生意人把一万说成一块，没想到在偏僻的八斗子也是这样说的，大家说到钱的时候，全都不当回事，总之是大家都有钱了，把一万元说成一块钱的时候，颇有那种偷偷地志得意满而又谦逊不露的

劲头。

有一阵子，我的公交月票掉了，还没有补办好再买的手续以前，我只好每次买票——但是因为平时没养成那份习惯，每看见车来，很自然地跳上去了，等发现自己没有月票，已经人在车上了。

这种时候，车掌（乘务员）多半要我就便在车上跟其他乘客买票——我买了，但等我付钱时那些卖主竟然都说："算了，不要钱了。"一次犹可，连着几次都是这样，使我着急起来，那么多好人，令人"无所逃于天地之间"，长此以往，我岂不成了"免费乘车良策"的发明人了？老是遇见好人也真是让人非常吃不消的事。

我始终没去补办月票，丢失的月票却幸运地被捡到的人辗转寄回来了，我可以高高兴兴地不再受惠于人了——不过偶然想起随便在车上都能遇见那么多肯施惠于人的好人，可见好人倒也不少，台北究竟还是个适合人住的地方。

在一家规模最大的公立医院里，看到一个牌子，忍不住笑了起来，那牌子上这样写着："禁止停车，违者放气。"

我说不出地喜欢它！

老派的公家机关，总不免摆一下衙门脸，尽量在口气上过官瘾，碰到这种情形，不免要说"违者送警"或"违者法办"。

美国人比较干脆，只简简单单地两个大字“No Parking”——“勿停”。

但口气一简单就不免显得太硬。

还是“违者放气”好，不凶霸不懦弱，一点不涉于官方口吻，而且憨直可爱，简直有点孩子气的作风——而且想来这办法绝对有效。

有个朋友姓李，不晓得走路的习惯是偏于内八字或外八字——总之，他的鞋跟老是磨得内外侧不一样厚。

他偶然找到一个鞋匠，请他换鞋跟，很奇怪地，那鞋匠注视了一下，居然说：“不用换了，只要把左右互调一下就是了，反正你的两块鞋跟都还有一半是好用的！”

朋友大吃一惊，好心劝告他这样处处替顾客打算，哪里有钱赚，他却也理直气壮：

“该赚的才赚，不该赚的就不赚——这块鞋底明明还能用。”

朋友刮目相看，然后试探性地问他：

“做了一辈子事，退了役还得补鞋，政府真对不起你。”

“什么？人人要这样一想还得了，其实只有我们对不起政府，政府哪有什么对不起我们的。”

朋友感动不已，嗫嗫嚅嚅地表示要送他一套旧西装（他真的怕会侮辱他），他倒也坦然接受了。

不知为什么，朋友说这个故事给我听的时候，我也不觉得陌生，而且真切得有如今天早晨我才看过那老鞋匠似的。

有一次在急诊室看医生急救病人，病人已经昏迷了，氧气罩也没用了，医生狠劲地用一个类似皮球的东西往里面压缩氧气。

至少是呼吸系统有毛病。

两个医生轮流压，像打仗似的。

渐渐地，他清醒了，但仍说不出话来，医生只好不断发问，让他点头摇头，大概问十几个问题，才碰得上一个点头的答案。

他是在路上发病的，一个亲人也没有，送他来的是一个不相干的人。

后来发现他可以写字——虽然他的眼睛一直是闭着的。

医生问他的病历，问他是不是服过某些成药，问他现在的感觉，忽然，那医生惊喜地叫了一声：

“写下去，写下去，再写！你写得真好——哎，你的字好漂亮。”

整个急救的过程，我都一面看一面佩服，但是当医生用欢呼的声音去赞美那个病人不成笔画的字的时候，我却为之感动得哽咽起来。

病人果真一路写下去。

也许那个病人想起了什么，虽然闭着眼睛，躺在床上仰面而写，手是从生死边缘被救回来的颤抖不已的手——但还有人在赞美他的字！也许是颜体，也许是柳体，也许什么都不是，只是一个活着的人写的字，可贵的是此刻他的字是“被赞美的字”。

那医生救人的技能来自课本，但他赞美病人的字迹却来自智慧和爱心，后者更足以使整个急救室像殿堂一样神圣肃穆起来。

有一位父执辈，颇有算八字的癖好，谁家有了刚生的孩子，他总要抢来时辰，免费服务一番——那是他难得的实习机会。

算久了，他倒有一个发现，现代孩子的命普遍都比老一辈好，他又去找同道证实，得到的结论也都一样，他于是很高兴，说：

“世道一定是好的了，要不是世道好，哪有那么多命好的孩子？”

我自己完全不知道八字是怎么一回事，但听到他的话仍不免欢欣雀跃，甚至肃然起敬——为那些一面在排着神秘的八字，一面又不忘忧心世事的人。

在澄清湖的小山上爬着，爬到顶，有点疑惑不知该走哪一条路回去，问道于路旁的一个老兵。

那人简直不会说话得出奇，他说：

“看到路——就走，看到路——就走，再看到路——再走，就到了。”

我心里摇头不已，怎么碰到这么呆的指路人！

赌气回头自己走，倒发现那人说得也没错，的确是“看到路——就走”，渐渐地，也能咀嚼出一点那人言语中的诗意来，天下事无非如此，“看到路——就走”，哪有什么一定的金科玉律，一部廿五史岂不是有路就走，没有路就开路，原来万物的事理可以如此简单明了——简单明了得有如呆人的一句呆话。

西谚说，把幸运的人丢到河里，他都能口衔宝物而归。我大概也是幸运的人，生活在这座城里，虽也有种种倒霉事，但奇怪的是，我记得住并且在心中把玩不已的全是这些可爱的片断！这些从生活的渊泽里捞起来的种种不尽的可爱。

一句好话

小时候过年，大人总要我们说吉祥话，但碌碌半生，有一天我竟也要教自己的孩子说吉祥话了，才蓦然警觉这世间好话是真有的，令人思之不尽，却不是“升官”“发财”“添丁”这一类的，好话是什么呢？冬日的晚上，从爆白果的馨香里，我有一句没一句地想起来了。

你们爱吃肥肉还是瘦肉？

讲故事的是个年轻的女用人，名叫阿密。那一年我八岁，听

善忘的她一遍遍重复讲这个她自己觉得非常好听的故事，不免烦腻，故事是这样的：

有个人啦，欠人家钱，一直欠，欠到过年都没有还哩，因为没有钱还嘛。后来那个债主不高兴了，他不甘心，所以到了吃年夜饭的时候，就偷偷跑到欠钱的家里，躲在门口偷听，想知道他是真没有钱还是假没有钱。听到开饭了，那欠钱的说：

“今年过年，我们来大吃一顿，你们小孩子爱吃肥肉还是瘦肉？”

（顺便插一句嘴，这是个老故事，那年头的肥肉瘦肉都是无上美味。）

那债主站在门外，听得清清楚楚，气得要死，心里想：你欠我钱，害我过年不方便，你们自己原来还有肥肉瘦肉拣着吃哩！他一气，就冲进屋里，要当面给欠钱的好看。等跑到桌边一看，哪里有肉，只有一碗萝卜、一碗番薯，欠钱的人站起来说：“没有办法，过年嘛，萝卜就算是肥肉，番薯就算是瘦肉，小孩子嘛！”

原来他们的肥肉就是白白的萝卜，瘦肉就是红红的番薯。他们是真穷啊，债主心软了，钱也不要了，跑回家去过年了。

许多年过去了，这个故事每到吃年夜饭时总会自动回响在我的耳畔。分明已是一个不合时宜的老故事，但那个穷父亲的话多么好啊，难关要过，礼仪要守，钱却没有，但只要相恤相存，菜根也自有肥腴厚味吧！

在生命宴席极寒俭的时候，在关隘极窄极难过的时候，我仍要打起精神对自己说：

“喂，你爱吃肥肉还是瘦肉？”

我喜欢跟你用同一个时间。

他去欧洲开会，然后转美国，前后两个月才回家。我去机场接他，提醒他说：“把你的表拨回来吧，现在要用本地时间了。”

他愣了一下，说：

“我的表一直是本地时间啊！我根本没有拨过去！”

“那多不方便！”

“也没什么，留着本地的时间，我才知道你和小孩在干什么，我才能想象，现在你在吃饭，现在你在睡觉，现在你起来了……我喜欢跟你用同一个时间。”

他说那句话，算来已有十年了，却像一幅挂在门额的绣锦，鲜色的底子历经岁月，却仍然认得出是强旺的火。我和他，只不过是凡世中，平凡又平凡的男子和女子，注定是没有情节可述的人，但久别乍逢的淡淡一句话里，却也有令我一生惊动不已、感

念不尽的恩情。

好咖啡总是放在热杯子里的!

经过罗马的时候，一位相识不久的朋友执意要带我们去喝咖啡。

“很好喝的，喝了一辈子难忘！”

我们跟着他东抹西拐、大街小巷地走，石块拼成的街道美丽繁复，走久了，让人会忘记目的地，竟以为自己是出来踏石块的。

忽然，一阵咖啡浓香袭来，不用主人指引，自然知道咖啡店到了。

咖啡放在小白瓷杯里，白瓷很厚，和中国人爱用的薄瓷相比，另有一番稳重笃实的感觉。店里的人都专心品咖啡，心无旁骛。

侍者从一个特殊的保暖器里为我们拿出杯子，我捧在手里，忍不住讶道：

“咦，这杯子本身就是热的哩！”

侍者转身，微微一躬，说：“女士，好咖啡总是放在热杯子里的！”

他的表情既不兴奋，也不骄矜，甚至连广告意味的夸大也没有，只是淡淡地说一句天经地义的事而已。

是的，好咖啡总是应该斟在热杯子里的，凉杯子会把咖啡带凉了，香气想来就会蚀掉一些，其实好茶、好酒不也如此吗？

原来连“物”也是如此自矜自重的，《庄子》中的良禽择木而栖，西洋故事里的宝剑深嵌石中，等待大英雄来抽拔，都是一番万物的清贵，不肯轻易亵慢了自己。古代的禅师每从喝茶喂粥去感悟众生，不知道罗马街头那端咖啡的侍者也有什么要告诉我的，我多愿自己也是一份千研万磨后的香醇，并且被慎重地斟在一只洁白温暖的厚瓷杯里，带动一个美丽的清晨。

将来我们一起老。

其实，那天的会议倒是很正经的，仿佛是有关学校的研究和发展之类的。

有位老师，站了起来，说：

“我们是所新学校，老师进来的时候都一样年轻，将来要老，我们就一起老了……”

我听了，简直是急痛攻心，赶紧别过头去，免得让别人看见眼泪——从来没想到原来同事之间的萍水因缘也可以是这样的一生一世啊！学院里平日大家都忙，有的分析草药，有的解剖小狗，有的带学生做手术，有的埋首典籍……研究范围相差既远，大家都不暇顾及别人，然而在一度一度的后山蝉鸣里，在一阵阵的上课钟声间，在满山台湾相思树芬芳的韵律中，我们终将垂垂老去，一起交出我们的青春而老去。

你长大了，要做人了！

汪老师的家是我读大学的时候就常去的，他们没有子女，我在那里从他读“花间词”，跟着他的笛子唱昆曲，并且还留下来吃温暖的羊肉涮锅……

大学毕业，我做了助教，依旧常去。有一次，为了买不起一本昂贵的书，便去找老师给我写张名片，想得到一点折扣优待。等名片写好了，我拿来一看，忍不住叫了起来：

“老师，你写错了，你怎么写‘兹介绍同事张晓风’，应该写‘学生张晓风’的呀！”

老师把名片接过来，看看我，缓缓地说：

“我没有写错，你不懂，就是要这样写的。你以前是我的学生，以后私底下也是，但现在我们在一所学校里，你是助教，我是教授，职位等级虽不同，却都是教员，我们不是同事是什么！你不要小孩子脾气不改，你现在长大了，要做人了，我把你写成同事是给你做脸，不然老是‘学生’‘学生’的，你哪一天才‘成人’？要记得，你长大了，要做人了！”

那天，我拿着老师的名片去买书，得到了满意的折扣，至于省掉了多少钱，我早已忘记，不能忘记的却是名片背后的那番话。直到那一刻，我才在老师的关爱推重里知道自己是与学者同其尊、与长者同其荣的，我也许看来不“像”老师的同事，却已的确“是”老师的同事了。竟有一句话使我一夕成长。

一番

让我话从两头说起：

有一年，带孩子去日本玩，八月底九月初的天气，不料早晨薄凉，于是叫儿子穿件套头毛衣出去。逛到浅草一带，太阳出来了，忽然之间天气又恢复为夏日，孩子热得受不了，我只好打破旅行不购物的原则，去小店里为他找一件T恤。

找到一件草绿色的，那绿像军服的绿，胸前有两个橘色大字：一番。

一番？我有点吃惊，一番什么？一番春梦？一番爱情？一番人生？总之，不管什么活动，也只是走过一番罢了。

儿子后来飞快地长大了，这件衣服他再穿不下，我只好捡来自己穿。

故事的另一端是我有个香港朋友，男的，他有位女秘书。有次赴日本开会，他因业务需要便带着这位女秘书同行。不料这位女秘书一到日本，立刻跟一位日本男孩热恋起来。会开完了，男孩竟抛了学业跟她回香港，女秘书当然也就辞了职结婚去了。男孩没有学历，在香港又举目无亲，二人便转到澳门去做导游，专做日本观光客的生意。后来又生了孩子，算是恩恩爱爱的一对标准夫妻。

有一天，这位朋友带我去澳门玩，加上他的公司员工，浩浩荡荡一队人马。到了澳门，想起从前那位女秘书，便打电话叫他们一家也来聚聚，于是他们抱着孩子前来赴席。

而那天，我身上便穿着那件“一番”衫。朋友介绍之后，日本男孩盯着我看了一下，忍住什么似的，欲言又止，终于没有说话。筵席快吃完了，男孩向我举杯，并且结结巴巴地开了口：

“你这件T恤，有没有多的一件？如果有，可不可以让给我？如果没有，可不可以就把这件让给我——这日本制的T恤，让我想起家来。”

我摇摇头，这件衣服有我和儿子的共同记忆，我舍不得卖它。男孩也很知趣，不再说什么。

我乘机问他“一番”在日本是什么意思，他说是“第一”的意思，我哑然失笑，原来不是指人生的一番历练。

那天晚上的饭局，他的脸上写满了落寞。

看得出来他深爱妻小，对自己的行业也很投入，但他脸上的落寞令我不忍。

大概，人类总有一个角落，是留给自己的族人的，那个角落，连爱情也填它不满。

炎凉

我有一张竹席，每到五六月，天气渐趋暖和，暑气隐隐待作，我就把它找出来，用清茶的茶叶渣拭净了，铺在床上。

一年里第一次使用竹席的感觉极好，人躺下去，如同躺在春水湖中的一叶小筏子上。清凉一波波来拍你入梦，竹席恍惚仍饱含着未褪尽的竹叶清香。

生命中的好东西往往如此，极便宜又极耐用。我可以因一张席而爱一张床，因一张床而爱一栋屋子，因一栋屋子爱上一座城……

整个初夏，肌肤因贴近那清凉的卷云而舒展自如。触觉之

美有如闻高士说法，凉意沦肌浃髓而来。古人形容喻道之透辟，谓一时如天女散花。天女散花是由上而下，轻轻撒落——花瓣触人，没有重量，只有感觉。人生某些体悟却是由下而上，仿佛有仙云来轻轻相托，令人飘然升浮。凉凉的竹席便有此功。一领清簟可以把人沉淀下来，静定下来，像空气中热腾腾的水雾忽然凝结在碧沁沁的一茎草尖而终于成为露珠。人在席上，也是如此。阿拉伯人牧羊，他们故事里的羊毛毯是可以飞的。中国人种地，对植物比较亲切。中国人用植物编的席子不飞——中国人想，飞了干吗呀？好好地躺在席子上不比飞还舒服吗？中国圣贤叫人拯救人民，其过程也无非是由“出民水火”到“登民衽席”。总之，世界上最好的事莫过于把自己或别人放在席子上了。初夏季节的我便如此心满意足地躺在我的竹席上。

可惜好景不长，到了七八月盛夏，情形就不一样了。刚躺下去还好，多躺一会儿，席子本身竟然也变热了。凉席会变热，天哪，这真是人间惨事。为了环保，我睡觉不用冷气，于是只好静静地和热浪僵持对抗。我反复对自己说：“不热，不算太热，我还可以忍受，这也没什么大不了，哼，谁怕谁啊……”念着念着，也就睡着了。

然后，便到了九月，九月初席子又恢复了清凉。躺在席上，整个人摊开，霎时变成了片状，像一块金子捶成薄薄的金箔，我贪享那秋霜零落的错觉。

九月中，每每在一场冷雨之后，半夜乍然惊醒，是被背上的沁凉叫醒的——唉，这凉席明天该收了。我在黑暗中揣想，竹席如果有知，也会厌苦不已吧？七月嫌它热，九月又嫌它凉，人类也真难伺候。

想来一生或者也如此，曾经嫌日程排得太紧，曾经怨事情做不完，曾经烦稿约、演讲约不断，曾经大叹小孩子缠磨人……可是，也许，有一天，一切热过的都将乍然冷却下来，令人不觉打起寒战。

不过，也只好这样吧！让席子在该铺开的时候铺开，在该收卷的时候收卷。炎凉，本来就半点由不得人的。

时间

一锅米饭，放到第二天，水气就会干了一些；放到第三天，味道恐怕就有问题；第四天，我们几乎可以发现，它已经变坏了；再放下去，眼看就要发霉了。

是什么原因，使那锅米饭变馊变坏——是时间。

可是，在浙江绍兴，年轻的父母生下女儿，他们就在地窖里，埋下一坛坛米做的酒。十七八年以后，女儿长大了，这些酒就成为嫁女儿婚礼上的佳酿，它有一个美丽而惹人遐思的名字，叫女儿红。

是什么使那些平凡的米，变成芬芳甘醇的酒——也是时间。

到底，时间是善良的，还是邪恶的魔术师呢？不是，时间只是一种简单的乘法，能把原来的数值倍增而已。开始变坏的米饭，每一天都不断变得更腐臭。而开始变醇的美酒，每一分钟，都在继续增加它的芬芳。

在人世间，我们也曾经看过天真的少年一旦开始堕落，便不免愈陷愈深，终于变得满脸风尘，面目可憎。但是相反地，时间却把温和的笑痕、体谅的眼神、成熟的风采、智慧的神韵添加在那些追寻善良的人身上。

同样是煮熟的米，坏饭与美酒的差别在哪里呢？就在那一点点酒曲。

同样是父母所生的，谁堕落如禽兽，而谁又能提升成完美的人呢？是内心深处，紧紧环抱不放的，求真求善求美的渴望。

时间将怎样对待你我呢？这就要看我们是以什么态度来期许自己了。

一饮一啄无不循天之功、因人之力，思之令人五内感激；至于一桌之上，含哺之恩、共著之情、乡关之爱、泥土之亲，无不令人庄严。

白柚

每年秋深的时候，我总要去买几只大白柚。

不知为什么，这件事年复一年地做着，后来竟变成一件郑重其事有如典仪一般的行为了。

大多数的人都只吃文旦，文旦是瘦小的、纤细的、柔和的，我嫌它甜得太软弱。我喜欢柚子，柚子长得极大、极重，不但圆，简直可以算作是扁的，好的柚瓣总是胀得太大，把瓣膜都能胀破了，真是不可思议。

吃柚子多半是在子夜时分，孩子睡了，我和丈夫在一盏灯下慢慢地剥开那芳香扑鼻的绿皮。柚瓣总是让我想到宇宙，想到彼此牵绊、互相契合的万类万品。我们一瓣一瓣地吃完它，情绪上几乎有一种虔诚。

人间原是可以丰盈完整，相与相洽，像一只柚子。

当我老时，秋风冻合两肩的季节，你，仍偕我去市集上买一只白柚吗？灯下一圈柔黄——两头华发渐渐相对成两岸的芦苇，你仍与我共食一只美满丰盈的白柚吗？

面包出炉时刻

我最不能抗拒的食物，是谷类食物。

面包、烤饼、剔圆透亮的饭粒都使我忽然感到饥饿。现代人从某种意义上来说是“吃肉的一代”，但我很不光彩地坚持喜欢面和饭。

有一次，是下雨天，在乡下的山上看一个陌生人的葬仪，主礼人捧着一箩谷子，一边撒一边念："福禄子孙——有噢——"忽然觉得眼眶发热，忽然觉得五谷真华丽、真完美，黍稷的馨香是可以上荐神明、下慰死者的。

是三十岁那年吧，有一天，正慢慢地嚼着一口饭，忽然心中一惊，发现满口饭都是一粒一粒的种子。一想到种子，立刻凛然敛容，不知道吃的是江南哪片水田里的稻种，不知是经过几世几劫，假多少手流多少汗才到了台湾，也不知它是来自嘉南平原还是遍野甘蔗被诗人形容甜如"一块方糖"的小城屏东。但不管这稻米是来自何处，我都感激，那里面有絮絮叨叨的情深意切，从唐虞上古直说到如今。

我也喜欢面包，非常喜欢。

面包店里总是涨溢着烘焙的香味，我有时不买什么也要进去闻闻。

冬天的下午，如果碰上面包出炉时刻真是幸福，连街上的空气都一时喧哗轰动起来，大师傅捧着个黑铁盘子快步跑着，把烤得黄脆焦香的面包神话似的送到我们眼前。

我尤其喜欢那种粗大圆涨的麸皮面包，我有时竟会傻里傻气地买上一堆。传说里，道家修仙都要"辟谷"，我不要"辟谷"，我要做人，要闻他一辈子稻香麦香。

我有时弄不清楚我喜欢面包或者米饭的真正理由，我是爱那淡白质朴远超乎酸甜苦辣之上的无味之味吗？我是爱它那一直是穷人粮食的贫贱出身吗？我是迷上了那令我恍然如见先民的神圣肃穆的情感吗？或者，我只知是爱那炊饭的锅子乍掀，烤炉初启的奇异喜悦呢？

我不知道，我只知道在这个杂乱的世纪能走尽长街，伫立在一家面包店里等面包出炉的一刹那，是一件幸福的事。

球与煮饭

我每想到那个故事，心里就有点酸恻，有点欢忭，有点惆怅无奈，却又无限踏实。

那其实不是一则故事，那是报尾的一段小新闻，主角是王贞治的妻子。那阵子王贞治正是热门，他的全垒打眼见要赶到美国某球员的前面去了。

他果真赶过去了，全日本守在电视机前的观众疯了！他的两个孩子当然更疯了！

事后照例有记者去采访，要王贞治的妻子发表感想——记者真奇怪，他们老是假定别人一脑子都是感想。

“我当时正在厨房里烧菜——听到小孩大叫，才知道的。”

不知道那是她生平的第几次烹调，孩子看完球是要吃饭的，丈夫打完球也是得侍候的，她日复一日守着厨房——没人来为她数记录，连她自己也没数过。世界上好像没有女人为自己的一日三餐数算记录，一个女人如果熬到五十年金婚，她会烧五万四千多顿饭，那真是疯狂，女人硬是把小小的厨房用馨香的火祭供成了庙宇。她自己是终身以之的祭司，比任何僧侣都虔诚，一日三举火，风雨寒暑不断，那里面一定有些什么执着，一定有些什么令人落泪的温柔。

让全世界去为那一棒疯狂，对一个终身执棒的人而言，每一棒全垒打和另一棒全垒打其实都一样，得一样是一次完美的成就，但也一样可以是一种身清气闲不着意的有如呼吸一般既神圣又自如的一击。东方哲学里一切的好都是一种“常”态，“常”字真好，有一种天长地久、无垠无限的大气魄。

那一天，全日本也许只有两个人没有守在电视机前，只有两个人没有盯着记录牌看，只有两个人没有发疯，那是王贞治的妻子和王贞治自己。

香椿

香椿芽刚冒上来的时候，是暗红色，仿佛可以看见一股地液喷上来，把每片嫩叶都充了血。

每次回屏东娘家，我总要摘一大抱香椿芽回来。孩子们都不在家，老爸老妈坐对前后院的四棵香椿，当然是来不及吃的。

记忆里妈妈不种什么树，七个孩子已经够排成一列树栽子了，她总是说："都发了人了，就发不了树啦！"可是现在，大家都走了，爸妈倒是弄了前前后后满庭的花、满庭的树。

我踮起脚来，摘那最高的尖芽。

不知为什么，椿树在传统文学里被看作一种象征父亲的树。对我而言，椿树是父亲，椿树也是母亲，而我是站在树下摘树芽的小孩。那样坦然地摘着，那样心安理得地摘着，仿佛做一棵香椿树就该给出这些嫩芽似的。

年复一年，我摘取；年复一年，那棵树给予。

我的手指已习惯于接触那柔软潮湿的初生叶子的感觉，那种攀摘令人惊讶浩叹，那不胜柔弱的嫩芽上竟仍把得出大地的脉动。所有的树都是大地单向而流的血管，而香椿芽，是大地最细致的微血管。

我把主干拉弯，那树忍着；我把枝干扯低，那树忍着；我把树芽采下，那树默无一语。我撇下树回头走了，那树自己努力在伤痕上结了疤，并且再长新芽，以供我下次攀摘。

我把树芽带回台北，放在冰箱里，不时取出几枝，切碎，和蛋，炒得喷香地放在餐桌上，我的丈夫和孩子争着嚷说炒得太少了。

我把香椿夹进嘴里，急急地品味那奇异的芳烈的气味，世界仿佛霎时凝止下来，浮士德在魔鬼给予的种种尘世欢乐之后仍然迟迟说不出口的那句话，我觉得我是能说的：

“太完美了，让时间在这一瞬间停止吧！”

不纯是为了那树芽的美味，更是为了那背后种种因缘——岛上最南端的小城，城里的老宅，老宅的故园，园中的树，象征父亲也象征母亲的树。

万物于人原来是可以如此亲和的。吃，原来也可以像宗教一般庄严肃穆。

韭菜合子

我有时绕路跑到信义路四段，专为买几个韭菜合子。

我不喜欢油炸的那种，我喜欢干炕的。买韭菜合子的时候，心情照例是开朗的，即使排队等也觉高兴——因为毕竟证明吾道不孤，有那么多人喜欢它！我喜欢看那两个人合作无间地一个擀，一个炕，那种美好的搭配间仿佛有一种韵律似的。那种和谐不下于钟跟鼓的完美互足，或日跟夜的循环交替。

我其实并不喜欢韭菜的冲味，却仍旧去买——只因为喜欢买，喜欢看热烫鼓腹的合子被一把长铁叉翻取出来的刹那。

我又喜欢“合子”那两个字，一切“有容”的食物都令我觉得神秘有趣，像包子、饺子、春卷，都各自含容着一个奇异的小世界，像宇宙包容着银河，一只合子也包容着一片小小的乾坤。

合子是北方的食物，一口咬下仿佛能咀嚼整个河套平原，那些麦田，那些杂粮，那些硬茧的手！那些一场骤雨乍过在后院里新剪的春韭。

我爱这种食物。

有一次，我找到漳州街，去买山东煎饼（一种杂粮混制的极薄的饼），但去晚了，房子拆了，我惆怅地站在路边，看那跋扈的大厦傲然地在搭钢筋，我不知到哪里去找那失落的饼。

而韭菜合子侥幸还在满街贩卖。

我是去买一样吃食吗？抑或是去找寻一截可以摸、可以嚼的乡愁？

瓜子

丈夫喜欢瓜子，我渐渐也喜欢上了，老远地跑到西宁南路去买，只为他们在封套上印着“徐州”两个字。徐州是我没有去过的故乡。

人是一种麻烦的生物。

我们原来不必有一片屋顶的，可是我们要。

屋顶之外原来不必有四壁的，可是我们要。

四壁之间又为什么非有一盏秋香绿的灯呢？灯下又为什么非有一张桌子呢？桌子上摆完了三餐又为什么偏要一壶茶呢？茶边凭什么非要一碟瓜子不可呢？

可是，我们要，因为我们是人。我们要属于自己的安排。

欲求，也可以是正大光明的，也可以是“此心可质天地的”。偶尔，夜深时，我们各自看着书或看着报，各自嗑着瓜子，有一搭没一搭地聊着，上一句也许是愁烦小女儿不知从哪里搞来一只猫，偷偷放在阳台上养，中间一句也许是谈一个二十年前老友的婚姻，而下面一句也许忽然想到组团到美国演出还差多少经费。

我们说着话，瓜子壳渐渐堆成一座山。

许多事，许多情，许多说了的和没说的全在嗑瓜子的时刻完成。

孩子们也爱瓜子，可是不会嗑，我们把嗑好的白白的瓜子仁放在他们白白的小手上，他们总是一口吃了，回过头来说：“还要！”

我们笑着把他们支走了。

嗑瓜子对我来说是过年的项目之一。小时候，听大人说：“有钱天天过年，没钱天天过关。”

而嗑瓜子让我有天天过年的错觉。

事实上，哪一夜不是除夕呢？每一夜，我们都要告别前身，每一个黎明，我们都要面对更新的自己。

今夜，我们要不要一壶对坐，就着一灯一桌共一盘瓜子，说一兜说不完的话？

蚵仔面线

我带小女儿从永康街走过，两侧是饼香、葱香以及烤鸡腿、烤玉米、烤番薯的香。

走过“米苔目”（客家特色小吃）和肉羹的摊子，我带她在一锅蚵仔面线前站住。

“要不要吃一碗？”

她惊奇地看着那黏糊糊的面线，同意了。我给她叫了一碗，自己站在旁边看她吃。

她吃完一碗说：

“太好吃了，我还要一碗！”

我又给她叫一碗。

以后，她变成了蚵仔面线迷，再以后，不知怎么演变的，家里竟定出了一个法定的蚵仔面线日，规定每星期二一定要带他们吃一次，作为消夜。这件事原来也没有认真，但直到有一天，因为有事不能带他们去，小女儿竟委屈地躲在床上偷哭，我们才发现事情原来比我们想象的要顶真。

那以后，到了星期二，即使是下雨，我们也只得去端一锅回来。不下雨的时候，我们便手拉手地去那摊边坐下，一边吃，一边看满街流动的色彩和声音。

一碗蚵仔面线里，有我们对这块土地的爱。

一个湖南人，一个江苏人，在这个岛上相遇，相爱，生了一儿一女，四个人坐在街缘的摊子上，摊子在永康街（多么好听的一条街），而台北的街市总让我又悲又喜，环着永康的是连云，是临沂，是丽水，是青田（出产多么好的石头的地方啊）！而稍远的地方有属于孩子妈妈原籍的那条铜山街，更远一点，有属于孩子父亲的长沙街。我出生的地方叫金华，金华如今是一条街，我住过的地方是重庆、南京和柳州，重庆、南京和柳州也各是一条路。临别那块大陆是在广州，一到广州街总使我黯然。下船的地方是基隆，奇怪，连基隆也有一条路。

台北的路伸出纵横的手臂抱住祖国的版图，而台北又不失其为台北。

只是吃一碗蚵仔面线，只是在小小窄窄的永康街，却有我们和我们的儿女对这块土地无限的爱。

衣履篇

人生于世，相知有几？而衣履相亲，亦凉薄世界中之一聚散也。

羊毛围巾

所有的巾都是温柔的，像汗巾、丝巾和羊毛围巾。

巾不用剪裁，巾没有形象，巾甚至没有尺码，巾是一种温柔得不会坚持自我形象的东西，它被捏在手里，包在头上，或绕在脖子上，巾是如此轻柔温暖，令人心疼。

巾也总是美丽的，那种母性的美丽，或抽纱或绣花，或泥金

或描银，或是织棉，或是钩纱，巾总是美得那么细腻娴雅。

而这个世界是越来越容不下温柔和美丽了，罗伯特·泰勒死了，斯图尔特·格兰杰老了，费雯·丽消失了，取代的是查理士·布朗逊，是007，是冷硬的简·芳达和费·唐纳薇。

唯有围巾仍旧维持着一份古典的温柔，一份美。

我有一条浅褐色的马海羊毛围巾，是新春去了壳的大麦仁的颜色，错觉上几乎嗅得到麸皮的干香。

即使在不怎么冷的日子，我也喜欢围上它。它是一条不起眼的围巾，但它的抚触轻暖，有如南风中的琴弦，把世界遗留在恻恻轻寒中，我的项间自有一圈暖意。

忽有一天，在惯行的山径上走，满山的芦苇柔软地舒开，怎样的年年苇色啊！这才发现芦苇和我的羊毛围巾有着相同的色调和触觉，秋山寂清，秋容空寥，秋天也正自搭着一条苇巾吧，从山巅绕到低谷，从低谷拖到水湄，一条古旧温婉的围巾啊！

以你的两臂合抱我，我的围巾，在更冷的日子，你将护住我的两耳，焐着我的发，你照着我的形象而委曲地折叠自己，从左侧环护我，从右侧萦绕我，你是柔韧而忠心的护城河，你在我的坚强梗硬里纵容我，让我也有些小小的柔弱，小小的无依，甚至小小的撒娇作痴；你在我意气风发、飘然上举几乎要破躯而去的时候，静静地伸手挽住我，使我忽然体味到人世的温情，你使我猝然间软化下来，死心塌地地留在人间。如山，留在茫茫扑扑的芦苇里。

巾真的是温柔的，人间所有的巾，以及我的那一条。

背袋

我有一个背袋，用四方形碎牛皮拼成的，我几乎天天背着，一背竟背了五年多了。

每次用破了皮，我到鞋匠那里请他补，他起先还肯，渐渐地，就好心地劝我不要太省了。

我拿它去干洗，老板娘含蓄地对我一笑，说："你大概很喜欢这个包吧？"

我说："是啊！"

她说："怪不得用得这么旧了！"

我背着那包，在街上走着，忽然看见一家别致的家具店，我一走进门，那闲坐无聊的小姐忽然迎上来，说：

"咦，你是学画的吧？"

我坚决地摇摇头。

不管怎么样，我舍不得丢掉它。

它是我所有使用过的皮包里唯一可以装得下一本《辞源》，外加一个饭盒的。它是那么大，那么轻，那么强韧可信。

在东方，囊袋常是神秘的，背袋里永远自有乾坤。我每次临出门把那装得鼓胀的旧背袋往肩上一搭，心中一时竟会百感交集起来。

多少钱，塞进又流出；多少书，放进又取出，那里面曾搁入我多少次的午餐面包，又有多少信，多少报纸，多少学生的作业，多少名片，多少婚丧喜庆的消息在其中驻足继而又消失。

一只背袋简直是一段小型的人生。

曾经，当孩子的乳牙掉了，你匆匆将它放进去。曾经，山径上迎面栽跌下一枚松果，你拾了往袋中一塞。有的时候是一叶青槭，有的时候是一捧贝壳，有的时候是身份证、护照、公车票，有的时候是给那人买的袜子、熏鸡、鸭肫或者阿司匹林。

我爱那背袋，或者是因为我爱那些曾经真真实实发生过的生活。

背上袋子，两手就是空的，空了的双手让你觉得自在，觉得有无数可以掌握的好东西，你可以像国画上的隐士去策杖而游，你可以像英雄擎旗而战，而背袋不轻不重地在肩头，一种甜蜜的牵绊。

夜深时，我把整好的背袋放在床前，爱怜地抚弄那破旧的碎皮，像一个江湖艺人在把玩陈旧的行头，等待明晨的冲州撞府。

明晨，我仍将背上我的背袋，去逐明日的风沙。

穿风衣的日子

香港人好像把那种衣服叫成“干湿褛”，那实在也是一个好名字，但我更喜欢我们在台湾的叫法——风衣。

每次穿上风衣，我会莫名其妙地异样起来，不知为什么，尤其刚扣好腰带的时候，我在错觉上总怀疑自己就要出发去流浪。

穿上风衣，只觉风雨在前路飘摇，小巷外有万里未知的路在等着，我有着“一蓑烟雨任平生”的莽莽情怀。

穿风衣的日子是该起风的，不管是初来乍到还不惯于温柔的春风，还是绿色退潮后寒意陡起的秋风。风在云端叫你，风透过千柯万叶以苍凉的颤音叫你。穿风衣的日子总无端地令人凄凉——但也因而无端地令人雄壮。

穿了风衣，好像就该有个故事要起头了。

必然有风在江南，吹绿了两岸，两岸的杨柳帷幕……

必然有风在塞北，拨开野草，让你惊见大漠的牛羊……

必然有风像旧戏中的流云彩带，圆转柔和地圈住一千一百万平方公里的旧梦。

必然有风像歌，像笛，一夜之间遍洛城。

曾翻阅汉高祖的白云的，曾翻阅唐玄宗的牡丹的，曾翻阅陆放翁的大散关的，那风，今天也翻阅你满额的青发，而你着一袭

风衣，走在千古的风里。

风是不是天地的长喟？风是不是大块在血气涌腾之际搅起的不安？

风鼓起风衣的大翻领，风吹起风衣的下摆，唰唰地打我的腿。我瞿然四顾，人生是这样辽阔，我觉得有无限邈远的天涯在等我。

旅行鞋

那双鞋是麂皮的，黄铜色，看起来有着美好的质感，下面是软平的胶底，足有两厘米厚。

鞋子的样子极笨，秃头，上面穿鞋带，看起来牢靠结实，好像能穿一辈子似的。

想起“一辈子”，心里不免怆然暗惊，但惊的是什么，也说不上来。一辈子到底是什么意思，半生又是什么意思？七十年是什么？多于七十或者少于七十又是什么？

每次穿那双鞋，我都忍不住问自己，一辈子是什么？我拼命思索，但我依然不知道一辈子是什么。

已经四年了，那鞋秃笨厚实如昔，我不免有些恐惧，会不会，有一天，我已老去，再不能赴空山灵雨的召唤，再不能一跃而起前赴五湖三江的邀约，而它，却依然完好。

事实上，我穿那双鞋，总是在我心情最好的时候。它是一双旅行鞋，我每穿上它，便意味着有一段好时间、好风光在等我。别的鞋底惯于踏一片黑沉沉的柏油，但这一双，踏的是海边的湿沙、岸上的紫岩，它踏过山中的泉涧，踱尽林下的月光。但无论如何，我每见它时，总有一丝怅然。

也许不为什么，只为它是我唯一穿上以后真真实实去走路的一双鞋，只因我们一起踩遍花朝月夕、万里灰沙。

或穿或不穿，或行或止，那双鞋常使我惊奇。

牛仔长裙

牛仔布，当然是该用来做牛仔裤的。

穿上牛仔裤显然应该属于另外一个世界，但令人讶异的是牛仔布渐渐地不同了，它开始接受了旧有的世界，而旧世界也接受了牛仔布，于是牛仔短裙和牛仔长裙出现了。原来牛仔布也可以是柔和美丽的，牛仔马甲、牛仔西装上衣和牛仔大衣也出现了，原来牛仔布也可以是典雅庄重的。

我买了一条牛仔长裙，深蓝的，直拖到地，我喜欢得要命。旅途中，我一口气把它连穿七十天，脏了，就在朋友家的洗衣机里洗好、烘好，依旧穿在身上。

真是有点疯狂。

可是我喜欢带点疯狂时的自己。

所以我喜欢那条牛仔长裙，以及穿长裙时候的自己。

对旅人而言，多余的衣服是不必的，没有人知道你昨天穿什么。所以，今天，在这个新驿站，你有权利再穿昨天的那件，旅人是没有衣橱、没有穿衣镜的。在夏天，旅人可凭两衫一裙走天涯。

假期结束时，我又回到学校，牛仔长裙挂起来，我规规矩矩地穿我该穿的衣服。

只是，每次，当我拿出那条裙子的时候，我的心里依然涨满喜悦。穿上那条裙子，我就不再是母亲的女儿或女儿的母亲，不再是老师的学生或学生的老师，我不再有任何头衔、任何职分。我也不是别人的妻子，不必管那四十二平方米的公寓。牛仔长裙对我而言渐渐变成了一件魔术衣，一旦穿上，我就只是我，不归于任何人，甚至不隶属于大化。因为当我一路走，走入山，走入水，走入风，走入云，走着，走着，事实上竟是根本把自己走成了大化。

那时候，我变成了无以名之的我，一径而去，比无垠雪地上身披猩红斗篷的宝玉更自如，因为连左右的一僧一道都不存在。我只是我，一无所系，一无所属，快活得要发疯。

只是，时间一到，我仍然回来，扮演我被同情或被羡慕的角色，我又成了有以名之的我。

我因此总是用一种异样的情感爱我的牛仔长裙——以及身穿长裙时的自己。

项链

温柔之必要/肯定之必要/一点点酒和木樨花之必要

那句子是痖弦说的。

项链，也许本来也是完全不必要的一种东西，但它显然又是必要的，它的历史甚至是跟人类文明史一样长远的。

或者是一串贝壳、一枚野猪牙，或者是埃及人的黄金项圈，或者是印第安人的天青色石头，或者是中国人的珠圈玉坠，或者是罗马人的古钱，乃至土耳其人的宝石……项链委实是一种必要。

不单项链，一切的手镯、臂钏，一切的耳环、指环、头簪和胸针，都是必要的。

怎么可能有女孩子会没有一只小盒子呢？

怎么可能那只盒子里会没有一圈项链呢？

田间的番薯叶，堤上的小野花，都可以是即兴式的项链。而做小女孩的时候，总幻想自己是美丽的，吃完了释迦果，黑褐色的种子是项链。连爸爸抽完了烟，那层玻璃纸也被扭成花样，串成一环，那条玻璃纸的项链终于只做成半串。爸爸的烟抽得太少，而我长大得太快。

渐渐地，也有了一盒可以把玩的项链了，竹子的、木头的、石头的、陶瓷的、骨头的、果核的、贝壳的、镶嵌玻璃的，总之，除了一枚值四百元的玉坠，全是些不值钱的东西。

可是，那盒子有多动人啊！

小女儿总是瞪大眼睛看那盒子，所有的女儿都曾喜欢“借用”妈妈的宝藏，但她们真正借去的，其实是妈妈的青春。

我最爱的一条项链是骨头刻的（“刻骨”两个字真深沉，让人想到刻骨铭心，而我竟有一枚真实的刻骨，简直不可思议），以一条细皮革系着，刻的是一个拇指大的襁褓中的小娃娃，圆圆扁扁的脸，可爱得要命。买的地方是印第安村，卖的人也说刻的是印第安婴儿，因为只有印第安人才把娃娃用绳子绑起来养。

我一看，几乎失声叫起来，我们东方娃娃也是这样的呀。我忍不住买了。

小女儿问我那娃娃是谁，我说：

“就是你呀！”

她仔细地看了一番，果真相信了，满心欢喜兴奋，不时拿出来摸摸弄弄，真以为那就是她自己的塑像。

我其实没有骗她，那骨刻项链的正确名字应该叫作“婴儿”，它可以是印第安的婴儿，可以是东方婴儿，可以是日本婴儿，它可以是任何人的儿子、女儿，或者甚至可以是那人自己。

我将它当胸而挂，贴近心脏的高度，它使我想到“彼亦人子也”，我的心跳几乎也因此温柔起来，我会想起孩子极幼小的时候，想起所有人类在襁褓中的笑容。

挂那条项链的时候，我真的相信，我和它，彼此都美丽起来。

红绒背心

那件红绒背心是我怀孕的时候穿的，下缘极宽，穿起来像一口钟。

那原是一件旧衣，别人送给我的，一色极纯的玫瑰红，大口袋上镶着一条古典的花边。

其他的孕妇装我全送人了，只留下这一件舍不得，挂在贮藏室里。它总是牵动着一些什么，平伏着一些什么。

怀孕日子里的那些不快，不知为什么，想起来都模糊了。那些疼痛和磨难竟然怎么想都记不真切，真奇怪，生育竟是生产的人和被生的人都说不清楚过程的一件事。

那样惊天动地的过程，那种参天地之化育的神秘经验，此刻几乎等于完全不存在了，仿佛星辰，你虽知道它在亿万年前成形，却完全不能重复那份记忆，你只见日升月恒，万象回环，你只觉无限敬畏。世上的事原来是可以在混沌噩然中成其为美好的。

而那件红绒背心悬在那里，柔软鲜艳，那样真实，让你想起自己怀孕时期像一块璞石含容着一块玉的旧事。那时，曾有两脉心跳，交响于一副胸膛之内——而胸膛，在火色迸发的红绒背心之内。对我而言，它不是一件衣服，而是孩子的“创世记”，我每怔望着它，就重温小胎儿在腹中来不及地膨胀时的力感。那时候，作为一个孕妇，怀着的竟是一个急速增大的银河系。真的，那时候，所有的孕妇是宇宙，有万种庄严。

而孩子大了，在那里自顾自地玩着他的集邮册或彩色笔。年复一年，寒来暑往，我拣衣服的时候，总看见那像见证人似的红绒背心悬在那里，然后，我习惯地转眼去看孩子，我感到寂寥和甜蜜。

生活赋

生活是一篇赋，萧索地由绚丽而下跌的令人惘然的《长门赋》。

巷底

巷底住着一个还没有上学的小女孩，因为脸特别红，让人还来不及辨识她的五官之前就先喜欢她了——当然，其实她的五官也挺周正美丽，但让人记得住的，只有那一张红扑扑的小脸。

不知道她有没有父母，只知道她是跟祖母住在一起的。令人吃惊的是那祖母出奇地丑，而且显然可以看出来，并不是由于老才丑的。她几乎没有鼻子，嘴是歪的，两只眼如果只是老眼昏花倒也罢了，偏还透着邪气的凶光。

她人矮，显得叉着脚走路的两条腿分外碍眼，我也不知道她怎么受的，她已经走了快一辈子路了，却分明永远是一只脚向东，一只脚朝西。

她平日做些什么，我不知道，印象里好像她总在生火，用一只老式的炉子，摆在门口当风处，噼里啪啦地扇着，嘴里不干不净地咒着。她的一张丑皱的脸模糊地隔在烟幕之后，一双火眼金睛却暴露得可以直破烟雾的迷阵。在冷湿的落雨的黄昏，行人会在猛然间以为自己已走入邪恶的黄雾——在某个毒瘴四腾的沼泽旁。

她们就那样日复一日地住在巷底的违章建筑里，小女孩的红颊日复一日地盛开，老太婆的脸像经冬的风鸡日复一日地干缩，炉子日复一日地像口魔缸似的冒着张牙舞爪的浓烟。

——这不就是生活吗？一些稚拙的美，一些惊人的丑，以一种牢不可分的、天长地久的姿态栖居在某个深深的巷底。

糠𤆵车

不知在什么时候，由什么人，补造了“糠”“𤆵”两个字。

（武则天也不过造了十九个字啊！）

曾有一个古代的诗人，吃了重阳节登高必吃的“糕”，却不敢把“糕”字放进诗篇。“《诗经》里没用过‘糕’字啊，”他分辩道，“我怎么能贸然把‘糕’字放进诗里去呢？”

正统的文人有一种可笑而又可敬的执着。

但老百姓全然不管这一回事，他们高兴的时候就造字，而且显然很懂得“形声”跟“会意”的造字原则。

我喜欢“糠”“爙”这两个字，看起来有一种原始的毛毵毵的感觉。

我喜欢糠爙，虽然它的可口是一种没有性格的可口。

我喜欢糠爙车，我形容不来那种载满了柔软、甜蜜、香腻的小车怎样在孩子群中贩卖欢乐。糠爙似乎只卖给小孩，当然有时也卖给老人——只是最后不免仍然到了孩子手上。

我真正最喜欢的还是糠爙车的节奏，不知为什么，所有的糠爙车都用他们这一行自己的音乐，就像修伞的敲铁片、卖馄饨的敲碗、卖番薯的摇竹筒，都各有一种单调而粗糙的美感。

糠爙车用的“乐器”是一个转轮，轮子转动处带起一上一下两根铁杆，碰得此起彼落地铿铿作响，不知是不是用来象征一种古老的舂米的音乐。讲究的小贩在两根铁杆上顶着布袋娃娃，故事中的英雄和美人，便一起一落地随着转轮而轮回起来了。

铁杆轮流下撞的速度不太相同，但大致是一秒钟响两次，或者四次。这根起来，那根就下去，那根起来，这根就下去，并且也说不上大起大落，永远在巴掌大的天地里沉浮。沉下去的不过沉一个巴掌，升上去的亦然。

跟着糠爜车走，最后会感到自己走入一种寒栗的悸怖。陈旧的生锈的铁杆上悬着某些知名的和不知名的帝王将相，某些存在的或不存在的后妃美女，以一种绝情的速度此消彼长，在广漠的人海中重复着一代与一代之间毫无分别的乍起乍落的命运。难道这不就是生活吗？以最简单的节奏叠映着占卜者口中的“凶”“吉”“悔”“咎”。嘀嗒之间，跃起落下，许多生死祸福便已告完成。

无论什么时候，看到糠爜车，我总忍不住地尾随而怅望。

食橘者

冬天的下午，太阳以漠然的神气遥遥地笼罩着大地，像某些曾经蔓烧过一夏的眼睛，现在却浑然遗忘了。

有一个老人背着人行道而坐，仿佛已跳出了杂沓的脚步的轮回，他淡淡地坐在一片淡淡的阳光里。

那老人低着头，很专心地用一把小刀在割橘子皮。那是“椪柑”种的橘子，皮很松，可以轻易地用手剥开，他却不知为什么拿着一把刀工工整整地划着，像个石匠。

每个橘子他照例要划四刀，然后依着刀痕撕开，橘子皮在他手上盛美如一朵十字科的花。他把橘肉一瓣瓣取下，仔细地摘掉筋络，慢慢地一瓣瓣地吃，吃完了，便不疾不徐地拿出另一个来，耐心地把所有的手续再重复一遍。

那天下午，他就那样认真地吃着一瓣一瓣的橘子，参禅似的凝止在一种不可思议的安静里。

难道这不就是生活吗？太阳割切着四季，四季割切着老人，老人无言地割切着一只只浑圆柔润的橘子。

想象中那老人的冬天似乎永远过不完，似乎他一直还坐在那灰扑扑的街角，一丝不苟地，以一种玄学家执迷的格物精神，细细体味那些神秘的金汁溢涨的橘子。

酿酒的理由

春天，柠檬还没有上市，我就赶不及地做了两坛柠檬酒。

封坛的那天，心情极其郑重，我把那未酿成的汁液谛视良久，终于模糊地搞清楚自己为什么那么急、那么疯。

理由之一是自己刚从外地回来，很想重新拥有一份本土的芳醇。记得有一天，起得极早，只为去小店里喝一碗豆浆，并且吃那种厚实的菱形烧饼，或者在深夜到合适的露店里吃一份烤味噌鱼的消夜。每走在街上，两侧是复杂而“多元化”的食物的馨香。多么喜欢看见蒙古烤肉在素食店的隔壁，多么喜欢意大利饼和饺子店隔街对望，多么喜欢汉堡和四神汤各有其食客。对我而言，这种尊重各种胃纳的世界几乎就已经是大同世界的初阶了。爱一个地方的方法极多，其中最简单而直接的方法之一是“吃那个地方的食物”。对我而言，每一种食物都有如南洋的榴梿——那里的华人相信，只有爱上那种异味的人，才会真正甘心在那里徘徊流连。

如果一个人不爱上万峦猪脚、新竹贡丸、埔里米粉以及牛肉面、芒果、莲雾、百香果，我总不相信他真能踏实地爱台湾。

酿一坛酒就是把本土的糖、红标米酒和芳香扑鼻的柠檬搅和在一起，等待时间把它凝定成自己本土的气味。

理由之二是酿一坛酒的时候几乎觉得自己就是一个雏形的上帝——因为手中有一项神迹正在进行。古人以酒礼天，以酒奠亡灵，以酒祝婚姻，想必即是因为每一坛酒都是一项奥秘，一度神迹，一种介乎可成与可败之间、介乎可掌握与不可掌握之间的万般可能。凡人如我，怎么可能“参天地之化育”“缔造化之神功”？但亲手酿一坛酒却庶几近之。那时候你会回到太古，《创世记》才刚刚写下第一行，整个故事呼之欲出，一支笔蓄势待发，整张羊皮因等待被书写一段情节而无限地舒伸着……

理由之三是酒是一种“时间的艺术”，家中有了一坛初酿的酒，岁月都因期待而变得滉漾不安乃至美丽起来。人虽站在厨房的油烟里，眼睛却望着那坛酒，如同望着一个约会，我终于断定自己是一个饮与不饮都不重要的半吊子饮者。对我而言，重要的反而是那份“期待的权利”，在微微的焦灼、不耐和甜蜜感中，我日复一日地隔着玻璃凝视封口之内的酒的世界。

仅仅只须着手酿一坛酒，居然就能取得一个国籍——在名为“希望”的那个国度里，世间还有比这种投资更划得来的事吗?

想当年那些绍兴人，在女儿一出世的时候便做下许多坛米酒埋在地窖里，好等女儿出嫁时用来待客，其间有多么深婉的情意啊！那酒因而叫“女儿红”，真是好得不能再好的名字，令人想起桃花之坞，想起新荷之塘，想起水上琴弦，以及故意俯身探到窗前来的月光，一样地使人再多一丝触想便要成泪。

想那些酿酒的母亲，心情不知是如何的？当酒色初艳，母亲的心究竟是乍喜抑是乍悲？当女儿的头发愈来愈乌黑浓密，发下的脸愈来愈灿若流霞，大自然中一场大酝酿已经完成。酒已待倾，女儿正待嫁，待倾之酒明丽如女子的情泪，待嫁之女亦芳醇如乍启的潋滟，当此之时，做母亲的心情又是怎样的?

而我的柠檬酒并没有这等“严重性”，它仅仅是六个礼拜后便可一试的浅浅的芳香。没有那种大喜大悲的沧桑，也不含那种亦快亦痛的宕跌——但也许这样更好一点，让它只是一桩小小的机密，一团悠悠的期待，恰如一叠介于在乎与不在乎之间可发表亦可不发表的个人手稿。

酿一坛酒使我和“时间”处得更好。每一个黄昏，当我穿过市馨与市尘回到这一小方宁馨的所在，我会和那亲爱的酒坛子打一声招呼：“嗨，你今天看起来比昨天更漂亮了！”

拥有一坛酒的人把时间残酷的减法演算成了仁慈的加法。这样看来一坛酒不只是一坛饮料，而且也是一件法器，一旦有了它，便可以玩出一套奇异的法术：让一切的消失返身重现，让一切的飞逝反成增加。拥有一坛酒的人是古代的史官，站在日日进行的情节前，等待记录一段历史的完成。

酿酒的理由之四是可以凭此想起以前的乃至以后的和此酒有关的友人，这样淡薄的饮料虽不值识者一笑，却也是许多欢聚中的一抹颜色，朋友的幽默，朋友的歌哭，朋友的睿智，乃至他们的雄辩和缄默，他们的激扬和沉潜，他们的洒脱和朴质，都在松子色的酒光里一一重现。酒在未饮之前是神奇的预言书，在既饮之后则又是耐读的历史书。沿着酒杯的“矿苗”挖下去，你或者掘到朋友的长歌，或者触到朋友的泪痕，至少，你也会碰到朋友的恬淡——但无论如何你总不会碰到“空白”。

如此一来，还不该酿一坛酒吗？

酿酒的理由之五非常简单——我在酒里看到自己，如果孔子是待沽的玉，我便是那待斟的酒，以一生的时间去酝酿自己的浓度，所等待的只是那一刹的倾注。

安静的夜里，我有时把玻璃坛搬到桌上，像看一缸热带鱼一

般盯着它看，心里想，这奇怪的生命，它每一秒钟的味道都和上一秒钟不同呢！一旦身为一坛酒，就注定是不安的、变化的、酝酿的。如果酒也有知，它是否也会打量皮囊内的我而出神呢？它或者会想：“那皮囊倒是一具不错的酒坛呢！只是不知道坛里的血肉能不能酝酿出什么来？”

那时候我多想大声地告诉它：

“是啊，你猜对了，我也是酒，酝酿中，并且等待一番致命的倾注！”

也许酿一坛酒，在四月，是一件好得根本可以不需要理由的事，可是，我恰好拣到一堆理由，特别记述如上，提供作为下次想酿酒时的借口。

沸点及其他

沸点之一

“把水烧成一百摄氏度，便到达它的沸点。”

物理老师如是说。

到达沸点的水会忍不住喧哗起来，跳跃起来成为有声音、有动作的水——这一点，物理老师没有说，是我自己烧茶时看到的。还有，其实不单水有沸点，万物都有其沸点。

一锅杜鹃被地气熬了一个冬天，三月里便忍不住沸沸扬扬起来，成日里喷红溅紫，把一座死火山开成了活火山。我每走过盛放的杜鹃都忍不住兴起一份自卫本能，因为害怕，怕自己有什么脆弱的部分会被烫伤或灼伤。杜鹃有它不同的沸点。在二十摄氏度便已经沸腾得不可开交了，而且，正如当年瓦特所看到的一样，沸腾的杜鹃是会扑哧扑哧地把绿叶的锅盖掀掉的。杜鹃粉色的气泡一滚一滚地往上冒，冒到最盛时，破了，下面的又涌上来……这锅骚动一直要闹到五月，才渐渐安静下来——奇怪，在它沸滚时你以为它也许就要这样地老天荒、不甘不休地闹下去了，但一到五月，它居然收了心，彻彻底底地恢复了正常，并且，重新把绿叶的锅盖盖严，装成一副什么事情都不曾发生过的样子。至于那曾经沸扬过的，竟像少年日记中的诗句，是一环只有他自己才能记得的秘密。

沸点之二

栀子花的沸腾是另外一种，一切香花如桂花、珠兰（金粟兰）、七里香、夜来香、水姜花和素馨等，都是在空气里暗暗地沸滚。

有时我会想，如果我瞎了，看不见黄扑扑的相思树上的绒花，则我只好凭记忆在听觉里唤回绿绣眼或白头翁的叫声，它们叫得特别疯狂的时候，便是春天最好、花事最鼎盛的时候！

而如果又瞎又聋呢？凭鼻子吧，春天是可以用嗅觉侦察出来的。如果有一天，我垂垂老去，茫茫其视而漠漠其听，到那时只要一阵风来，风里有栀子花暗自沸腾的香息，我就仍然能意会那秘密的幽期——“我和春天有一个约会！”他派栀子花来叫我了，我已经是耄耋的老妇，但我仍能辨识它使者的气息，一丛栀子花的气息，那时我会急急地找出我的短靴来，急急地走入阳光里，去赴春天的约会……

有的花以色沸腾，有的花以芬芳沸腾，它们的沸点有的是二十摄氏度，有的是二十五摄氏度，而我的血亦有其沸点，那是三十六点五摄氏度，属于常人的体温，它成天在我心脏的鼎镬里扑哧扑哧地翻腾，以颜色，以气息，以一种生命所能拥有的最好温度。

春天的信仰

其实春天的时候，我打算做个不设防的人。什么神话什么谣传，我都一概拟予接受。既然菩提总是欺骗我们说它是一棵树，既然明镜老是骗我们相信它是一座妆台，且让我相信初伸的羊齿蕨真是一种岩缝中长出来的锯齿般的植物，而鸟声也的确是树上变鸣的音乐，并且桃金娘也真的是粉色的镶嵌艺术，东风的确在

枝柯间安排过它的访踪——不管六祖惠能如何看出万物的幻象，我只打算在春天做一座不设防的城，并且迷信一切幻象。事实上，相信神话并不比相信哲学更为荒唐吧？

可是，碰到黄，在三月，情形又不同了。许多年前，我们一同做助教的时候，总是天天见面的，他因长得大眼浓眉，被大伙打趣叫成“黄小生”，他也一边傻笑一边居之不疑，兴致好的时候他也仿京剧念白回敬我一句“小姐”。

我们许多年不见了，今年春天因为课程排在同一天下午，所以又常见面了。那天下了校车，步上文学院台阶的时候，他兴奋地说：

“我带你去看，有一棵白杜鹃里面居然长出一朵红杜鹃来了！”

我一时没有回话，我说过，春天一来，我是打算什么都加以相信的。

“真的，真的，我不骗你，我带你去看，一朵红杜鹃，长在白杜鹃里面！”

我怎么会不相信呢？春天每一秒钟都在变魔术，枯枝可以爆发成红云，黄草可以蔚织成锦毯，多相信一则神迹有什么难？但看到黄那种熟见的憨气就忍不住使诈起来，我淡淡地说：

“真的啊？”

“真的！真的！我本来也不相信，我带你去看！”他着急起来，颠来倒去地只顾说，“是真的，你去看就知道。”

我们一下就走到“魔术现场”了，半人高的小丛白杜鹃里果然有一朵紫红的开在那里。

“你看，你看，”黄说，“我没骗你吧！我说的嘛……”

奇怪的是，我当时竟一点不觉惊异，白中有红如果是奇异不可信的事，百分之百的纯白不也同样可惊可诧吗？反正，我早已彻底投降了——在春天，每一件事都可以是可能发生的“不可能”。

“它是有道理的，”黄仍然好意地一直解释不休，“你看，因为这棵白的长在那棵紫红的旁边，久而久之，就把颜色染过来了——你看好些白花的花瓣上都有紫红色的斑点和线条呢！”

我仔细看了一下，果真如此，心里猛然想起白素贞的故事，那一心想修成人身的千年白蛇啊，最后终于修成女身了。那些白杜鹃也是如此想——修成红杜鹃吗？当头的一朵已修成正果，其余的还在修炼之中——然而，这也是一番多事吧？白素贞如果读过庄子的《齐物论》，应该知道做一条飞溪越涧的山蛇，并不比人间的女子卑贱啊！但大概春天总使人不安心和不甘心吧？所以白素贞想修人身，所以许仙想去游湖，所以一树白花跃跃然地想晕染成红色。这一切，也只是春天里合理的“不合理”吧！

上课钟响了，我们匆匆走回教室，一路上黄仍然叨叨念念地说：“不看到真不能信呢！白杜鹃里会开出一朵红杜鹃来……”

我一直没有告诉他，我是什么荒唐之言、什么诡异之说都肯相信的——在三月，在春天，在上我的小说课和他的老庄课之前。

我们的城

环绕着新居的是一带长廊，环绕着长廊的是小巷中的尤加利，环绕着尤加利的是我们的城。

我爱那多风的长廊，我爱那些绿得发黑的尤加利，我爱我们的城。

我们的城总是被诅咒，我们的城既不能给我们昆明池的春天，也不能给我们栖霞山的秋天。我们的城每年总要有好多日子是在凄风冷雨中，然而我爱我们的城。

那首歌已经好久不唱了，可是总能记得。那时候我八岁，在一个临近河边的学校里念书，那时候每有庆典，我们总要唱那首歌：

温暖的阳光下，

依然显露着斑驳的古城门，

它好像对我们告诉：

…………

台北，台北，我们的台北。

许多年以后，每当我忆及这阕淳朴的小诗，我的心中便不禁充满激动，我不明白为什么有人会不爱这城。

我们的城当然不是舒适的，我们生活在这个城里，事实上要比在别的城艰辛些。我们中间大多数的人早已失去他们的前庭和后院，我们没有可以采菊的东篱，更没有可以垂钓的严滩。我们把早晨给了公共汽车，把夜晚给了对面公寓的麻将牌声。生活是一种挣扎，但挣扎并非不美。也许正是这条锁链，锁我们于共同的苦难中，使我们在流浪的岁月里彼此同情。

只有住在这城中的人能真正懂得爱惜黎明的朝暾和入夜的星灿，只有住在这个城市的人能了解在晴朗的下午凝望远山的意义。

冬天来时，有哪一个城市像这个城市一样，有着这般“仿乡式”的寒冷呢？当我们瑟缩在棉袄中的时候，便能一遍一遍地复习甜蜜的乡愁，我们怎能忍心拒绝来自北方的寒流——在被岛上的阳光浸了三个季节之后。当我们耸着衣领走过满街糖炒栗子的毕剥声，那些遥远的记忆便在北风中伴着我们又凄惶又无助的心。

我们转过街巷，但转不出乡愁，那些可怜的怀乡的悲哀便在那些红红绿绿的招牌上显示出来了。云南的人和园，四川的吴抄手，广东的新陶芳，北平的正阳楼。每次当我们坐在那样的筵席上，心中总有一些隐隐的凄痛，仿佛我们所咀嚼的不复是菜肴，而是流浪者在异乡的悲歌。

大地上的哪一个城市有这么多流浪者呢？

那天下午，走过信义路，一个老人的蔬菜车吸引了我。满车子的鲜红嫩绿，像春天的园子，我走过去买了一些。他的湖南口音令我呆立了好一会儿。

“你是湖南人？”

“是的，你也是吗？”

“我的先生是。”

他立刻又为我加上许多菜，并且添了好些红辣椒。

“老乡，”他说，“多么不容易。”

我并不需要那些过量的菜和辣椒，但我望着他那黧黑的、为生活折磨过的脸，孤寂的感觉便减少了。我们的城里有这样多的异乡人，我们流浪的岁月遂比较容易忍受。我们沦落天涯的悲哀就可以淡些。

我们的城会在历史中镌下它的名字，为着这些流浪者所唱的哀歌，它会不朽，它会永恒。

春天来的时候，整个中山北路和新生南路都是杜鹃，凄红的颜色让人想起啼血的杜鹃鸟，整个阳明山像是爆发的火山，喷出那么多炫目的色彩。整个台大校园像是遭遇了海啸，碎成一片锦绣的珊瑚礁。春天在这个城市有着最明显的界限，春天春得恰如其分，我们不能不爱这里的春天，事实上我们在此已度过十九个春天，生命中并没有很多个十九年啊！

尤其爱春来的那些柳树，垂垂的柔条在新生南路的堤上飘拂，嫩嫩的青色系着我们这一代的歌和泪。每次走过那些柳树，总忍不住停下来凝望，每次凝望总忍不住想起诗词中故乡的隋堤和霸陵。

就只为这一列的柳，就只为这一万条毵毵然的金缕，我们的城便足以让人留恋了。

我们的城渐渐有了更密的烟囱，更多机轴的转动声，我们也开始有更拥塞的车辆，以及更高耸的公寓，这些东西的叠架使我们的城渐渐看来更无情了，而事实上这里依然住着最善良的市民。

不能忘记那个晚上，我偶然经过一家陌生的药店，想起要买一些药，但没有想到那些药价竟超过我身边的钱。

“你拿去吧，”那店员说，“钱明天再拿来好了。”

我瞠然了好久，不知道他为何肯付给我这样的信任。我们以前不曾认识，而以后，在这一百万人口的大城里也不可能相遇，他也许会吃很大的亏，但他宁可信任我。“信任”在这个时代里早已渐渐绝迹，而在我们的城里我们仍然能够被信任，那一夜，我深深地被感动了。

我爱这个城，爱这个城中浓郁的人情。

事实上我们的城一点也不奢华，尽管电影街入夜以后就鼎沸起来，而大部分的市民仍然在小小的巷子里享受廉价的吃食。走过川端桥，就有那种又酥又大的烧饼、油条。在师大旁边有那么驰名的“老头牛肉面”。没有一个城有这么多可爱的小摊子，那些炸臭豆腐的、炸麻团的，把我们的城点缀得多么动人。而常常在凄凉的夜里，你会听到那种苍老的乡音，拖着长长的尾音，叫着：“甜酒酿——湖州粽子——”你又会看见那微弱的灯光，一路摇摆不定地晃荡而来，叫着：“五香茶叶蛋——”午夜梦回，那些声音、那些身影，给人一种说不出的感受。

我们的城尤其令人倾心的当然还不止这些。住在这个城里我们可以常常听到那么好的音乐会，看到那么好的画展，并且走入那么迷人的博物院。春天里，耕莘文教院里有那样叫人醉心的现代艺术季。夏天里，中山堂里有让人惊服的黄忠良的舞蹈。而每次当维也纳合唱团来的时候，年轻的孩子们便整夜不眠地站在售票口等着，这里不是罗马，也不是巴黎，但我们有着属于我们自己的艺术和对于艺术的挚情，我们活着，并不羞愧。

每到月底和月初，日子便特别快乐起来，所有订阅和赠阅的

杂志都寄来了，小小的信箱于是充满了仿佛涨潮的那种兴奋。我们忙着拆，忙着读，为我们的城市而感到骄傲。

如果我们的城市是天空，重庆南路便是其上的银河。我们沿路而行，所嗅到的尽是两侧的书香，那些书出得又快又多，使我们不得不赶着读。我们把那些心爱的书册堆在从地板到天花板的书架上，欣慰着这城市所给我们的精神世界。

有这样多高贵的灵魂，住在这城里，在武昌街的水门汀上，趺坐着周梦蝶；在厦门街的巷子里，隐居着余光中；到吴兴街去，你可以遇见司马中原和赵滋蕃；往内湖去，你会找着朱西宁；走过信义路，你知道蒋芸就在那里；弯入永康街，你晓得刘国松和他的画都在那儿了；走向植物园，杨英风多藤萝的墙上那只巨眼式的灯便照着你；转向士林，蓝荫鼎鼎庐的花木便亲切地俯视你。而其实，那些光灿灿的名字一直闪烁在我们的城里，我们何其幸运可以在熙攘的街上遇见穿着花衫的席德进。二十世纪七十年代是明亮而美丽的，七十年代在历史上永远不会被遗忘！我们的城将会一再地被提起，连同这些熠耀的名字！连同这熠耀的年代！

我爱我们的城，做了十九年的异乡人之后，我开始用一种无奈的爱情爱我们的城——这个我的祖父所不曾听过，父亲所不曾梦过的城。

是的，我爱我们的城，以及属于这城的一切。

种种有情
种种可爱

人生最重要的事

我喜欢活着，生命是如此充满了愉悦。

我喜欢冬天的阳光，夏日的永昼……

我喜欢相信他的话，我喜欢想象和他一同跨入永恒。

我喜欢

我喜欢活着，生命是如此充满了愉悦。

我喜欢冬天的阳光，在迷茫的晨雾中展开。我喜欢那份宁静淡远，我喜欢那没有喧哗的光和热。而当中午，满操场散坐着晒太阳的人，那种原始而淳朴的意象总深深地感动着我的心。

我喜欢在春风中踏过窄窄的山径，草莓像精致的红灯笼，一路殷勤地张结着。我喜欢抬头看树梢尖尖的小芽儿，极嫩的黄绿色中透着一派天真的粉红——它好像准备着要奉献什么，要展示什么。那柔弱而又生意盎然的风度，常在无言中教导我一些美丽的真理。

我喜欢看一块平平整整、油油亮亮的秧田。那细小的禾苗密密地排在一起，好像一张多绒的毯子，是集许多翠禽的羽毛织成的，它总是激发我想在上面躺一躺的欲望。

我喜欢夏日的永昼，我喜欢在多风的黄昏独坐在傍山的阳台上。小山谷里的稻浪推涌，美好的稻香翻腾着。慢慢地，绚丽的云霞被浣净了，柔和的晚星遂一一就位。我喜欢观赏这样的布景，我喜欢坐在那舒服的包厢里。

我喜欢看满山芦苇，在秋风里凄然地白着。在山坡上，在水边上，美得那样凄凉。那次，刘告诉我，他在梦里得了一句诗："雾树芦花连江白。"意境是美极了，平仄却很拗口。想凑成一首绝句，却又不忍心改它；想联成古风，又苦于再也吟不出相当的句子。至今那还只是一句诗，一种美而孤立的意境。

我也喜欢梦，喜欢梦里奇异的享受。我总是梦见自己能飞，能跃过山丘和小河。我总是梦见奇异的色彩和悦人的形象。我梦见棕色的骏马，发亮的鬣毛在风中飞扬。我梦见成群的野雁，在河滩的丛草中歇宿。我梦见荷花海，完全没有边际，远远在炫耀着模糊的香红——这些，都是我平日不曾见过的。最不能忘记那次梦见在一座紫色的山峦前看日出——它原来必定不是紫色的，只是翠岚映着初升的红日，遂在梦中幻出那样奇特的山景。

我当然同样在现实生活里喜欢山，我办公室的长窗便是面山而开的。每次当窗而坐，总觉得满几尽绿，一种说不出的柔和。较远的地方，教堂尖顶的白色十字架在透明的阳光里巍立着，把蓝天撑得高高的。

我还喜欢花，不管是哪一种。我喜欢清瘦的秋菊、浓郁的玫瑰、孤洁的百合，以及幽娴的素馨。我也喜欢开在深山里不知名的小野花。十字形的、斛形的、星形的、球形的。我十分相信上帝在造万花的时候，赋给它们同样的尊荣。

我喜欢另一种花，是绽开在人们笑颊上的。当寒冷的早晨我走在巷子里，对门那位清癯的太太笑着说："早！"我就忽然觉得世界是这样的亲切，我缩在皮手套里的指头不再感觉发僵，空气里充满了和善。

当我到了车站开始等车的时候，我喜欢看见短发齐耳的中学生。那样精神奕奕的，像小雀儿一样快活的中学生。我喜欢她们美好宽阔而又明净的额头，以及活泼清澈的眼神。每次看着她们老让我想起自己，总觉得似乎我仍是她们中间的一个。仍然单纯地充满了幻想，仍然那样容易受感动。

当我坐下来，在办公室的写字台前，我喜欢有人为我送来当天的信件。我喜欢读朋友们的信，没有信的日子是不可想象的。我喜欢读弟弟妹妹的信，那些幼稚纯朴的句子，总是使我在泪光中重新看见南方那座燃遍凤凰花的小城。最不能忘记那年夏天，

德从最高的山上为我寄来一片蕨类植物的叶子。在那样酷暑的气候中，我忽然感到甜蜜而又沁人的清凉。

我特别喜爱读者的信件，虽然我不一定有时间回复，每次捧读这些信件，总让我觉得一种特殊的激动。在这世上，也许有人已透过我看见一些东西。这不就够了吗？我不需要永远存在，我希望我所认定的真理永远存在。

我把信件分放在许多小盒子里，那些关切和情谊都被妥善地保存着。

除了信，我还喜欢看一点书，特别是在夜晚，在一灯荧荧之下。我不是一个十分用功的人，我只喜欢看词曲方面的书，有时候也涉及一些古拙的散文，偶然我也勉强自己看一些浅近的英文书，我喜欢它们文字变化的活泼。

夜读之余，我喜欢拉开窗帘看看天空，看看灿如满园春花的繁星。我更喜欢看远处山坳里微微摇晃的灯光。那样模糊，那样幽柔，是不是那里面也有一个夜读的人呢？

在书籍里面我不能自抑地要喜爱那些泛黄的线装书，握着它就觉得握着一脉优美的传统，那涩黯的纸面蕴含着一种古典的美。我很自然地想到，有几个人执过它，有几个人读过它。他们也许都过去了，历史的兴亡、人物的更迭本是这样虚幻，唯有书中的智慧永远长存。

我喜欢坐在汪教授家的客厅里，在落地灯的柔辉中捧一本线装的昆曲谱子。当他把旧得发亮的褐色笛管举到唇边的时候，我就开始轻轻地按着板眼唱起来。那柔美幽咽的水磨调在室中低回着，寂寞而空荡，像江南一池微凉的春水。我的心遂在那古老的音乐中体味到一种无可奈何的轻愁。

我就是这样喜欢着许多旧东西。那块小毛巾，是小学四年级参加儿童周刊父亲节征文比赛得来的。那一角花岗石，是小学毕业时和小曼敲破了各执一半的。那个布娃娃是我儿时最忠实的伴侣。那本毛笔日记，是七岁时被老师逼着写成的。那两支蜡烛，是我过二十岁生日的时候，同学们为我插在蛋糕上的……我喜欢这些财富，以至每每整个晚上都在痴坐着，沉浸在许多快乐的回忆里。

我喜欢翻旧相片，喜欢看那个大眼睛长辫子的小女孩。我特别喜欢坐在摇篮里的那张，那么甜美无忧的时代！我常常想起母亲对我说："不管你们将来遭遇什么，总是回忆起来，你们还有一段快活的日子。"是的，我骄傲，我有一段快活的日子——不只是一段，我相信那是一生悠长的岁月。

我喜欢把旧作品一一检视，如果我看出以往作品的缺点，我就高兴得不能自抑——我在进步！我不是在停顿！这是我最快乐的事了，我喜欢进步！

我喜欢美丽的小装饰品，像耳环、项链和胸针。那样晶晶闪闪的、细细微微的、奇奇巧巧的。它们都躺在一个漂亮的小盒子里，炫耀着不同的美丽。我喜欢不时看看它们，把它们佩在我的身上。

我就是喜欢这样松散而闲适的生活，我不喜欢精密地分配时间，不喜欢紧张地安排节目。我喜欢许多不实用的东西，我喜欢充足的沉思时间。

我喜欢晴朗的礼拜天清晨，当低沉的圣乐冲击着教堂的四壁，我就忽然升入另一个境界，没有纷扰，没有战争，没有嫉恨与恼怒。人类的前途有了新的光芒，那种确切的信仰把我们带入更高的人生境界。

我喜欢在黄昏时来到小溪旁。四顾没有人，我便伸足入水——那被夕阳照得极艳丽的溪水，细沙从我的趾间流过，某种白花的瓣儿随波漂去，一会儿就灭幻了——这才发现那实在不是什么白花瓣，只是一些被石块激起的浪花罢了。坐着，坐着，好像天地间都流动着和暖的细流。低头沉吟，满溪红霞照得人眼花，一时简直觉得双足是浸在一钵花汁里呢！

我更喜欢没有水的河滩，长满了高及人肩的蔓草。日落时一眼望去，白石不尽，有着苍莽凄凉的意味。石块垒垒，把人心里慷慨的意绪也堆叠起来了。我喜欢那种情怀，好像在峡谷里听人喊秦腔，苍凉的余韵回转不绝。

我喜欢别人不注意的东西，像草坪上那株没有人理会的扁柏，那株瑟缩在高大龙柏之下的扁柏。每次我走过它的时候总要停下来，嗅一嗅那股清香，看一看它谦逊的神气。有时候我又怀疑它不是谦逊，因为也许它根本不觉得龙柏的存在。又或许它虽知道有龙柏存在，也不认为伟大与平凡有什么两样——事实上伟大与平凡的确也没有什么两样。

我喜欢朋友，喜欢在出其不意的时候去拜访他们。尤其喜欢在雨天去叩湿湿的大门，在落雨的窗前话旧是多么美。记得那次到中部去拜访芷的山居，我永不能忘记她看见我时的惊呼。当她连跑带跳地来迎接我，山上的阳光就似乎忽然炽燃起来了。我们走在向日葵的荫下，慢慢地倾谈着。那迷人的下午像一阕轻快的曲子，一会儿就奏完了。

我极喜欢，而又带着几分崇敬去喜欢的，便是海了。那辽阔，那淡远，都令我心折。而那雄壮的气象，那平稳的风范，以及那不可测的深沉，一直向人类做着无言的挑战。

我喜欢家，我从来还不知道自己会这样喜欢家。每当我从外面回来，一眼看到那窄窄的红门，我就觉得快乐而自豪。我有一个家，多么奇妙！

我也喜欢坐在窗前等他回家来。虽然过往的行人那样多，我总能分辨他的足音。那是很容易的，如果有一个脚步声，一入巷子就开始跑，而且听起来是沉重急速的大阔步，那就准是他回来了！我喜欢他把钥匙放进门锁中的声音，我喜欢听他一进门就喘着气喊我的英文名字。

我喜欢晚饭后坐在客厅里的时分。灯光如纱，轻轻地洒开。我喜欢听一些协奏曲，一面捧着细瓷的小茶壶暖手。当此之时，我就恍惚能够想象一些田园生活的悠闲。

我也喜欢户外的生活，我喜欢和他并排骑着自行车。当礼拜天早晨我们一起赴教堂的时候，两辆车子便并驰在黎明的道上。朝阳的金波向两旁溅开，我遂觉得那不是一辆脚踏车，而是一艘乘风破浪的飞艇，在无声的欢唱中滑行。我好像忽然又回到刚学会骑车的那个年龄，那样兴奋，那样快活，那样唯我独尊——我喜欢这样的时光。

我喜欢多雨的日子。我喜欢对着一盏昏灯听檐雨的奏鸣，细雨如丝，如一天轻柔的叮咛。这时候我喜欢和他共撑一柄旧伞去散步。伞际垂下晶莹成串的水珠——一幅美丽的珍珠帘子。于是伞下开始有我们宁静隔绝的世界，伞下缭绕着我们成串的往事。

我喜欢在读完一章书后仰起脸来和他说话，我喜欢假想许多事情。

“如果我先死了，”我平静地说着，心底却泛起无端的哀愁，“你要怎么样呢？”

“别说傻话，你这憨孩子。”

“我喜欢知道，你一定要告诉我，如果我先死了，你要怎么办？”

他望着我，神色愀然。

“我要离开这里，到很远的地方去。去做什么，我也不知道。总之，是很遥远很蛮荒的地方。”

“你要离开这屋子吗？”我急切地问，环视着被布置得像一片紫色梦谷的小屋。我的心在想象中感到一种剧烈的痛楚。

“不，我要拼命去赚很多钱，买下这栋房子。”他慢慢地说，声音忽然变得凄怆而低沉。

“让每一样东西像原来那样保持着。哦，不，我们还是别说这些傻话吧！”

我忍不住清泪泫然了，我不明白，为什么我喜欢问这样的问题。

“哦，不要痴了，”他安慰着我，“我们会一起死去的。想想，多美，我们要相偕着去参加天国的盛会呢！”

我喜欢相信他的话，我喜欢想象和他一同跨入永恒。

我也喜欢独自想象老去的日子，那时候必是很美的。就好像夕晖满天的景象一样。那时候再没有什么可争夺的，可流连的。一切都淡了，都远了，都漠然无介于心了。那时候智慧深邃又明澈，爱情渐渐醇化，生命也开始慢慢蜕变，好进入另一个安静美丽的世界。啊，那时候，那时候，当我抬头看到精金的大道，碧玉的城门，以及千万只迎接我的号角，我必定是很激动又很满足的。

我喜欢，我喜欢，这一切我都深深地喜欢！我喜欢能在我心里充满着这样多的喜欢！

记得是小学三年级，偶然生病，不能去上学，于是抱膝坐在床上，望着窗外寂寂青山、迟迟春日，心里竟有一份巨大的、至今犹不能忘的凄凉。当时因为小，无法对自己说清楚那番因由，但那份痛，却是记得的。

为什么痛呢？现在才懂，只因你知道，你的好朋友都在，而你偏不在，于是你痴痴地想，他们此刻在操场上追追打打吗？他们在教室里挨骂吗？他们到底在干什么啊？不管是好是歹，我想跟他们在一起啊！一起挨骂挨打都是好的啊！

于是，开始喜欢点名。大清早，大家都坐得好好的，小脸还

没有开始脏，小手还没有汗湿。老师说：“×××。”

“在！”

正经而清脆，仿佛不是回答老师，而是回答宇宙乾坤，告诉天地，告诉历史，说，有一个孩子“在”这里。

回答“在”字，对我而言总是一种饱满的幸福。

然后，长大了，不必被点名了，却迷上旅行。每到山水胜处，总想举起手来，像那个老是睁着好奇圆眼的孩子，回一声：

“我在。”

“我在”和“××到此一游”不同，后者张狂跋扈，而说“我在”的仍是个清晨去上学的孩子，高高兴兴地回答长者的问题。

其实人与人之间，或为亲情或为友情或为爱情，哪一种亲密的情谊不能基于我在这里，刚好你也在这里的前提？一切的爱，不就是“同在”的缘分吗？就连神明，其所以为神明，也无非由于“昔在、今在、恒在”，以及“无所不在”的特质。而身为一个人，我对自己“只能出现于这个时间和空间的局限”感到另一种可贵，仿佛我是拼图板上扭曲奇特的一块小形状，单独看，毫无意义，及至恰恰嵌在适当的时空，却也是不可少的一块。天神的存在是无始无终的无限，而我是此时此际、此山此水中的有情和有觉。

读书，也是一种“在”。

有一年，到图书馆去，翻一本《春在堂笔记》，那是俞樾先生的集子，红绸精装的封面，打开封底一看，竟然从来也没人借阅过，真是“古来圣贤皆寂寞”啊！心念一动，便把书借回家去。书在，春在，但也要读者在才行啊！我的读书生涯竟像某些人玩“碟仙”，仿佛面对作者的精魄。对我而言，李贺是随召而至的，悲哀悼亡的时刻，我会说：“我在这里，来给我念那首《苦昼短》吧！念‘吾不识青天高，黄地厚，唯见月寒日暖，来煎人寿’。”读那首韦应物的《调笑令》的时候，我会轻轻地念：“胡马胡马，远放燕支山下。跑沙跑雪独嘶，东望西望路迷。迷路迷路，边草无穷日暮。”觉得自己就是那从唐朝一直狂驰至今不停的战马，不，也许不是马，只是一股激情，被美所迷，被莽莽黄沙和胭脂红的落日所震慑，因而思绪万千，激情不知所止。

看书的时候，书上总有绰绰人影，其中有我，我总在那里。

《旧约·创世记》里，堕落后的亚当在凉风乍至的伊甸园把自己藏匿起来。上帝说：“亚当，你在哪里？”

他噤而不答。

如果是我，我会走出来，说：“上帝，我在，我在这里，请你看着我，我在这里。不比一个凡人好，也不比一个凡人坏，我

有我的逊顺祥和，也有我的叛逆凶戾，我在我无限的求真求美的梦里，也在我脆弱、不堪一击的人性里。上帝啊，俯察我，我在这里。”

“我在”，意思是说我出席了，在生命的大教室里。

几年前，我在山里说过的一句话容许我再说一遍，作为终响：“树在。山在。大地在。岁月在。我在。你还要怎样更好的世界？”

我有

那天下午回家，心里好不如意，坐在窗前，禁不住怜悯起自己来。

窗棂间爬着一溜紫藤，隔着青纱和我对坐着，在微凉的秋风里和我互诉哀愁。

事情总是这样的，你总得不到你所渴望的公平。你努力了，可是并不成功，因为掌握你成功的是别人，而不是你自己。我也许并不稀罕那份成功，可是，心里总不免有一块受愚的感觉。就好像小时候，你站在糖食店的门口，那里有一块抽奖的牌子。你的眼睛望着那最大最漂亮的奖品，可是你总抽不着，你袋子里的镍币空了，可是那份希望仍然高高地悬着。直到有一天，你忽然发现，事实上根本没有那份奖额，那些藏在一排排红纸后面的签全是些空白的或者是近于空白的小奖。

那串紫藤这些日子以来美得有些神奇，秋天里的花就是这样的，不但美丽，而且有那么一份凄凄艳艳的韵味。风一过的时候，醉红乱旋，把怜人的红意都荡到隔窗的小室中来了。

唉，这样美丽的下午，把一腔怨烦衬得更不协调了。可恨的还不只是那些事情的本身，更有被那些事扰乱得不再安宁的心。

翠生生的叶子簌簌作响，如同檐前的铜铃，悬着整个风季的音乐。这音乐和蓝天是协调的，和那一滴滴晶莹的红也是协调的——只是和我受愚的心不协调。

其实我们已经受愚多次了，而这么多次，竟没有能改变我们的心，我们仍然对人抱着孩子式的信任，仍然固执地期望着良善，仍然宁可被人负，而不负人，所以，我们仍然容易受伤。

我们的心敞开，为了迎一只远方的青鸟。可是扑进来的总是蝙蝠，而我们不肯关上它，我们仍然期待着青鸟。

我站起身，眼前的绿烟红雾缭绕着，使我有着微微眩晕的感觉。遮不住的晚霞破墙而来，把我罩在大教堂的彩色玻璃下，我在那光辉中立着，洒金的分量很沉重地压着我。

“这些都是你的，孩子，这一切。”

一个遥远而又清晰的声音穿过脆薄的叶子传来，很柔和，很有力，很使我震惊。

“我的？”

“是的，我给了你很久了。”

“嗯，”我说，“我不知道，真的不知道。”

“我晓得，”他说，声音里流溢着悲悯，“你太忙。”

我哭了，虽然没有责备。

等我抬起头来的时候，那声音便悄悄隐去了，只有柔和的晚风久久不肯散去。我疲倦地坐下去，疲于一个下午的怨怒。

我真是很愚蠢的——比我所想象的更愚蠢，其实我一直是这么富有的，我竟然茫无所知，我老是计较着，老是不够洒脱。

有微小的钥匙转动的声音，是他回来了。他总是想偷偷地走进来，让我有一个小小的惊喜，可是他办不到，他的步子又重又实，他就是这样的。

现在他是站在我的背后了，那熟悉的、皮夹克的气息四面袭来，把我沉在很幸福的孩童时期的梦幻里。

“不值得的，”他说，“为那些事失望是太廉价了。”

“我晓得，”我玩着一裙阳光喷射的洒金点子，“其实也没有什么。”

“人只有两种，幸福的和不幸福的。幸福的人不能因不幸的事变成不幸福，不幸福的人也不能因幸运的事变成幸福。”

他的目光俯视着，那里面重复地写着一行最美丽的字眼，我立刻再一次知道我是属于哪一类了。

“你一定不晓得的，”我怯怯地说，“我今天才发现，我有好多好多东西。”

“真的那么多吗？”

“真的，以前我总觉得那些东西是上苍赐予全人类的，但今天我知道，那是我的，我一个人的。”

“你好富有。”

“是的，很富有，我的财产好殷实。我告诉你，我真的相信，如果今天黄昏时宇宙间只有我一个人，那些晚霞仍然会排铺在天上的，那些花儿仍然会开成一片红色的银河系的。”

忽然我发现那些柔柔的须茎开始在风中探索，多么细弱的挣扎，那些卷卷的绿意随风上下，一种撼人的生命律动。从窗棂间望出去，晚霞的颜色全被这些绰绰约约的小触须给抖乱了，乱得很鲜活。

生命是一种探险，不是吗？那样柔弱的小茎能在风里成长，我又何必在意这长长的风季？

忽然，我再也想不起刚才忧愁的真正原因了。我为自己的庸俗愕然了好一会儿。

有一堆温柔的火焰从他双眼中升起，我们在渐冷的暮色里互望着。

“你还有我，不要忘记。”他的声音有如冬夜的音乐，把人圈在一团遥远的烛光里。

我有着的，这一切我一直有着的，我怎么会忽略呢？那些在秋风里犹为我绿着的紫藤，那些虽然远在天边还向我粲然的红霞，以及那些在一凝注间的爱情，我还能求些什么呢？

那些叶片在风里翻着浅绿的浪，如同一列编磬，敲出很古典的音色。我忽然听出，这是最美的一次演奏，在整个长长的秋季里。

人生的什么和什么

她的手轻轻地搭在方向盘上，外面下着小雨。收音机正转到一个不知什么台的台上，溢漫出来的是安静讨好的古典小提琴。

前面是隧道，车如流水，汇集入洞。

“各位亲爱的听众，人生最重要的事其实只有两件，那就是……”

主持人的声音向例都是华丽明亮的居多，何况她正在义无反顾地宣称这项真理。

她其实也愿意听听这项真理，可是，这里是隧道，全长五百米，要四十秒钟才走得出来，隧道里面声音断了，收音机只会嗡嗡地响。她忽然烦起来，到底是哪两项呢？要猜，也真累人，是“物质与精神”吗？是“身与心”吗？是“爱情与面包”吗？是“生与死”吗？或“爱与被爱”？隧道不能倒车，否则她真想倒车出去听完那段话再进来。

隧道走完了，声音重新出现，是音乐。她早料到了四十秒太久，按一分钟可说二百字的广播速度来说，播音员已经说了一百五十个字了，一百五十个字，什么人生道理不都给她说完了吗？

她努力去听音乐，心里想，也许刚才那段话是这段音乐的引言，如果知道这段音乐，说不定也可以猜出前面那段话。

音乐居然是《彼得与狼》——这当然不会是答案。

依她的个性，她知道自己会怎么做，她会再听下去，一直听到主持人播报他们电台和节目的名字，然后，打电话去追问漏听的那一段，主持人想必也很乐意回答。

可是，有必要吗？四十岁的人了，还要知道人生最重要的事是“什么和什么”吗？她伸手关上了收音机。雨大了，她按下雨刷。

生命，以什么单位计量

这是一家小店铺，前面做门市，后面住家。

星期天早晨，老板娘的儿子从后面冲出来，对我大叫一句：

“我告诉你，我的电动玩具比你多！”

我不知道他在跟谁说话，四面一看，店里只我一人，我才发现，这孩子在跟我做现代版的“石崇斗富”。

“你的电动玩具都是小的，我的，是大的！”小孩继续叫阵。

老天爷，这小孩大概太急于压垮人，于是饥不择食，居然来单挑我，要跟我比电动玩具的质跟量。我难道看起来会像一个玩电动玩具的小孩吗？我只得苦笑了。

他其实是个蛮清秀的小孩，看起来也聪明机灵，但他为什么偏偏要找人比电动玩具呢？

“我告诉你，我根本没有电动玩具！”我弯腰跟那小孩说，“一个也没有，大的也没有，小的也没有——你不用跟我比，我根本就没有电动玩具，告诉你，我一点也不喜欢电动玩具。”

小孩目瞪口呆地望着我，正在这时候，小孩的爸爸在里面叫他：

“回来，不要烦客人。”

（奇怪的是他只关心有没有哪一宗生意被这小鬼吵掉了，他完全没想到说这种话的儿子已经很有毛病了。）

我不能忘记那小孩惊奇不解的眼神。大概，这正等于你驰马行过草原，有人拦路来问：

“远方的客人啊，请问你家有几千骆驼，几万牛羊？”

你说：

“一只也没有。我没有一只骆驼、一只牛、一只羊，我连一只羊蹄也没有！”

又如雅美人问你：“你近年有没有新船下水？下水礼中你有没有准备够多的芋头？”你却说：

“我没有船，我没有猪，我没有芋头！”

这是一个奇怪的世界，计财的方法或用骆驼，或用芋头，或用田地，或用妻妾，至于黄金、钻石、房屋、车子、古董——都

是可以计算的单位。

这样看来，那孩子要求以电动玩具和我比画，大概也不算极荒谬吧！

可是，我是生命，我的存在既不是“架”“栋”“头”“辆”，也不是“亩”“艘”“匹”“克拉”等单位所可以称量评估的啊！

我是我，不以公斤，不以厘米，不以智商，不以学位，不以畅销的“册数”。我，不纳入计量单位。

没有痕迹的痕迹

车又“凝”在高架桥上了，这一次很惨，十五分钟，不动，等动了，又缓如蜗牛。

如果是有车祸，我想，那也罢了。如果没有车祸也这么挤车，想想，真为以后的日子愁死了。

“那么，难道你希望有车祸吗？你这只顾车速却不检讨居心的坏蛋！”我暗骂了自己一句。

“不要这样嘛，我又不会法术，难道我希望有车祸就真会发生车祸吗？”我分辩，“如果有车祸，那可是它自己发生的。”

“宅心仁厚最重要，你给我记住！”

车下了高架桥，我看到答案了，果真是车祸，发生在剑潭地段。一条斑马线，线旁停着肇事的大公车，主角看起来只是小小一堆，用白布盖着，我的心陡地抽紧。

为什么街上死人都一例要用白布盖上？大概是基于对路人的仁慈吧？

而那一堆白色又是什么？不再有性别，不再有年龄，不再有职业，不再有智愚，不再有媸妍。死人的单位只是一“具”。

我连默默致意的时间也不多，后面的车子叭我，刚才的恶性等待使大家早失去了耐性。

第二天，车流通畅，又经过剑潭，我刻意慢下来，想看看昨天的现场。一切狼藉物当然早已清理好了，我仔细看去，只有柏油地上一摊比较深的痕迹——这就是人类生物性的留痕吧？当然是血，还有血里所包含的油脂、铁、钾、钠、磷……就只是这样吗？一抹深色痕迹，不知道的人怎知道那里就是某人的一生？

啊，我愿天下人都不要如此撞人致死，使人变成一抹痕迹，我也愿天下没有人被撞死，我不要任何人变成地上的暗迹。

更可哀的是，事情隔了个周末，我再走这条路，居然发现连那抹深痕也不见了。是尘沙磋磨？是烈日晒溶了柏油？是大雨冲刷？总之，连那一抹深痕也不见了。

生命可以如此翻脸无情，我算是见识到了。

至今，我仍然不时在经过“那地点”的时候，望一望如今已没有痕迹的痕迹。也许，整个大地，都曾有古人某种方式的留痕——大屯山头可能某个猎人肚破肠流，号称“黑水沟”的海沟中可能曾有人留下一旋泡沫。

如此而已，那么，这世上，还真有一种东西叫作“可争之物”吗？

给我一个解释

除了神话和诗，红尘素居，诸事碌碌中，更不免需要一番解释了。记得多年前，有次请人到家里屋顶的阳台上种一棵树兰，并且事先说好了，不活包退费的。我付了钱，小小的树兰便栽在花圃正中间。一个礼拜后，它却死了。我对阳台上一片芬芳的期待算是彻底破灭了。

我去找那花匠，他到现场验了树尸，我向他保证自己浇的水既不多也不少，绝对不敢造次。他对着夭折的树苗偏着头呆看了半天，语调悲伤地说：

“可是，太太，它是一棵树呀！树为什么会死，理由多得很呢——譬如说，它原来是朝这方向种的，你把它拔起来，转了一个方向再种，它就可能要死！这有什么办法呢？”

他的话不知触动了我什么，我竟放弃退费的约定，一言不发地让他走了。

大约，忽然之间，他的解释让我同意，树也是一种自主的生命，它可以同时拥有活下去以及不要活下去的权利。虽然也许只是调了一个方向，但它就是无法活下去，不是有的人也是如此吗？我们可以到工厂里去订购一定容量的瓶子、一定尺码的衬衫，生命却不能容你如此订购的啊！

以后，每次走过别人墙头冒出来的花香如沸的树兰，微微的失怅里我总想起那花匠悲冷的声音。我想我总是肯同意别人的——只要给我一个好解释。

至于孩子小的时候，做母亲的糊里糊涂地便已就任了“解释者”的职位。记得小男孩初入幼稚园，穿着粉红色的小围兜来问我，为什么他的围兜是这种颜色。我说：“因为你们正像玫瑰花瓣一样可爱呀！”“那中班为什么就穿蓝兜？”“蓝色是天空的颜色，蓝色又高又亮啊！”“白围兜呢？大班穿白围兜。”“白，就像天上的白云，是很干净、很纯洁的意思。”他忽然开心地笑了，表情竟是惊喜，似乎没料到小小围兜里居然藏着那么多的神秘。我也吓了一跳，原来孩子要的只是那么少，只要一番小小的道理，就算信口说的，就够他着迷好几个月了。

十几年过去了，午夜灯下，那小男孩用当年玩积木的手在探索分子的结构。黑白小球结成奇异诡秘的勾连，像一扎紧紧的玫瑰花束，又像一篇布局繁复却条理井然、无懈可击的小说。

“这是正十二面烷。”他说，我惊讶这模拟的小球竟如此匀称优雅，黑球代表碳、白球代表氢，二者的盈虚消长便也算物华天宝了。

“这是赫素烯。”

“这是……”

我满心感激，上天何其厚我，那个曾要求我把整个世界一一解释给他听的小男孩，现在居然用他化学方面的专业知识向我解释我所不了解的另一个世界。

如果有一天，我因生命衰竭而向上苍祈求一两年额外加签的岁月，其目的无非是让我回首再看一看这可惊可叹的山川和人世。能多看它们一眼，便能用悲壮的、虽注定失败却仍不肯放弃的努力再解释它们一次，并且也会欣喜地看到人如何用智慧、用言辞、用弦管、用丹青、用静穆、用爱，一一对这个世界做其圆融的解释。

是的，物理学家可以说，给我一个支点，给我一根杠杆，我就可以把地球撬起来——而我说，给我一个解释，我就可以再相信一次人世，我就可以接纳历史，我就可以义无反顾地拥抱这荒凉的城市。

你不能要求简单的答案

年轻人啊，你问我说：

“你是怎样学会写作的？”

我说：

“你的问题不对，我还没有‘学会’写作，我仍然在‘学’写作。”

你让步了，说：

“好吧，请告诉我，你是怎么学写作的？”

这一次，你的问题没有错误，我的答案却仍然迟迟不知如何出手，并非我自秘不宣——但是，请想一想，如果你去问一位老兵：

“请告诉我，你是如何学打仗的？”

——请相信我，你所能获得的答案绝对和“驾车十要”或“电脑入门”不同。有些事无法做简单的回答，一个老兵之所以成为老兵，故事很可能要从他十三岁那年和弟弟一齐用门板扛着被日本人炸死的爹娘去埋葬开始，那里有其一生的悲愤郁结，有整个中国近代史的沉痛、伟大和荒谬。不，你不能要求简单的答案，你不能要一个老兵用明白扼要的字眼在你的问卷上做填充题，他不回答则已，如果回答，就必须连着他一生的故事。你必须同时知道他全身的伤疤，知道他的胃溃疡，知道他五十年来朝朝暮暮的豪情与酸楚……

年轻人啊，你真要问我跟写作有关的事吗？我要说的也是：除非，我不回答你，要回答，其实也不免要夹上一生啊（虽然一生并未过完）！一生的受苦和欢悦，一生的痴意和决绝忍情，一生的有所得和有所舍。写作这件事无从简单回答，你等于要求我向你述说一生。

两岁半，年轻的五姨教我唱歌，唱着唱着，就哭了，那歌词是这样的：

“小白菜呀，地里黄呀，三岁两岁，没有娘呀……生个弟弟，比我强呀，弟弟吃面，我喝汤呀……”

我平日少哭，一哭不免惊动妈妈，五姨也慌了，两人追问之

下，我哽咽地说出原因：

“好可怜啊，那小白菜，晚娘只给她喝汤，喝汤怎么能喝饱呢？”

这事后来成为家族笑话，常常被母亲拿来复述。我当日大概因为小，对孤儿处境不甚了然，同情的重点全在“弟弟吃面她喝汤”的层面上，但就这一点，后来我细想之下，才发现已是“写作人”的根本。人人岂能皆成孤儿而后写孤儿？听孤儿的故事，便放声而哭的孩子，也许是比较可以执笔的吧。我当日尚无弟妹，在家中娇宠恣纵，就算逃难，也绝对不肯坐入挑筐。挑筐因一位挑夫可挑前后两箩筐，所以比较便宜。千山迢递，我却只肯坐两人合抬的轿子，也算是一个不乖的小孩了。日后没有变坏，大概全靠那点善于与人认同的性格。所谓“常抱心头一点春，须知世上苦人多”的心情，恐怕是比学问、见解更为重要的，人之所以为人的本源。当然它也同时是写作的本源。

七岁，到了柳州，便在那里读小学三年级。读了些什么，一概忘了，只记得那是一座多山多水的城，好吃的柚子堆在桥的两侧卖。桥在河上，河在美丽的土地上。整个逃离的途程竟像一场旅行。听爸爸一面算计一面说：“你已经走了大半个中国啦，从前的人，一生一世也走不了这许多路的。”小小年纪，当时心中也不免陡生豪情侠意。火车在山间蜿蜒，血红的山踯躅开得满眼，小站上有人用小沙瓯闷了香肠饭在卖，好吃得令人一世难忘。整个中国的大苦难我并不了然，知道的只是火车穿花而行，轮船破碧疾走，一路懵懵懂懂南行到广州，仿佛也只为到水畔去看珠江大桥，到中山公园去看大象和成天降下祥云千朵的木棉树……

那一番大播迁有多少生离死别，我却因幼小只见山河的壮阔，千里万里的异风异俗，某一夜的山月，某一春的桃林，某一女孩的歌声，某一城垛的黄昏，大人在忧思中不及一见的景致，我却一一铭记在心，乃至一饭一蔬一果，竟也多半不忘。古老民间传说中的天机，每每为童子见到，大约就是因为大人易为思虑所蔽。我当日因为浑然无知，反而直窥入山水的一片清机。山水至今仍是那一砚浓色的墨汁，常容我的笔有所汲饮。

小学三年级，写日记是一件很痛苦的回忆。用毛笔，握紧了写（因为母亲常绕到我背后偷抽毛笔，如果被抽走了，就算握笔不牢，不合格），七岁的我，哪有什么可写的情节，只好对着墨盒把自己的日子从早到晚一遍遍地再想过。其实，等我长大，真的执笔为文，才发现所写的散文，基本上也类乎日记。也许不是“日记”而是“生记”，是一生的记录。一般的人，只有幸“活一生”，而创作的人，却能“活二生”。第一度的生活是生活本身；第二度则是运用思想再追回它一遍，强迫它复现一遍。萎谢的花不能再艳，磨成粉的石头不能重坚，写作者却能像呼唤亡魂一般把既往的生命唤回，让它有第二次的演出机缘。人类创造文学，想来，目的也即在此吧？我觉得写作是一种无限丰盈的事业，仿佛别人的卷筒里填塞的是一份冰淇淋，而我的，是双份，是假日里买一送一的双份冰淇淋，丰盈满溢。

也许应该感谢小学老师的，当时为了写日记把日子一寸寸回想再回想的习惯，帮助我有一个内省的深思的人生。而常常偷来抽笔的母亲，也教会我一件事：不握笔则已，要握，就紧紧地握住，对每一个字负责。

八岁以后，日子变得诡异起来，外婆猝死于心脏病。她一向疼我，但我想起她来却只记得她拿一根筷子、一片制钱，用棉花自己捻线来用。外婆从小出身富贵之家，却勤俭得像没隔宿之粮的人。其实五岁那年，我已初识死亡，一向带我的用人因肺炎而死。不知是几“七”，家门口铺上炉灰，等着看他的亡魂回不回来，铺炉灰是为了检查他的脚印。我至今几乎还能记起当时的惧怖以及午夜时分一声声凄厉的狗号。外婆的死，再一次把死亡的剧痛和荒谬呈现给我，我们折着金箔，把它吹成元宝的样子，火光中，我不明白一个人为什么可以如此彻底地消失。葬礼的场面奇异诡秘，“死亡”一直是令我恐惧乱怖的主题——我不知该如何面对它。我想，如果没有意识到死亡，人类不会有文学和艺术。我所说的“死亡”，其实是广义的，如即聚即散的白云，旋开旋灭的浪花，一张年头鲜艳年尾破败的年画，或是一支心爱的自来水笔，终成破敝。

文学对我而言，一直是那个挽回的“手势”。果真能挽回吗？大概不能吧。但至少那是个依恋的手势、强烈的手势，照中国人的说法，则是个天地鬼神亦不免为之愀然色变的手势。

读五年级的时候，有个陈老师很奇怪地要我们几个同学来组织一个“绿野”文艺社。我说“奇怪”，是因为他不知是有意还是无意，竟然丝毫不拿我们当小孩子看待。他要我们编月刊；要我们在运动会上做记者并印发快报；他要我们写朗诵诗，并且上台表演；他要我们写剧本，而且自导自演。我们在校运会上挂着记者条子跑来跑去的时候，全然忘了自己是个孩子，满以为自己真是个记者了，现在回头去看才觉好笑。我如今也教书，很不容易把学生看作成人，当初陈老师真了不起，他给我们的虽然只是信任而不是赞美，但也够了。我仍记得白底红字的油印刊物印出来之后，我们去一一分派的喜悦。

我间接认识一个名叫安娜的女孩，据说她也爱诗。她要过生日的时候，我打算送她一本《徐志摩诗集》。那一年我初三，零用钱是没有的，钱的来源必须靠“意外”，因而，要买一本十元左右的书是件大事。于是我盘算又盘算，决定一物两用。我打算早一个月买来，小心地读，读完了，还可以完好如新地送给她。

不料一读之后就舍不得了，而霸占礼物也说不过去，想来想去，只好动手来抄，把喜欢的诗抄下来。这种事，古人常做，复印机发明以后就渐成绝响了。但不可解的是，抄完诗集以后的我整个和抄书以前的我不一样了。把书送掉的时候，我竟然觉得送出去的只是形体，一切的精华早为我所吸取。这以后我欲罢不能地抄起书来，例如：向老师借来的冰心的《寄小读者》，或者其他散文、诗、小说，都小心地抄在活页纸上。感谢贫穷，感谢匮乏，使我懂得珍惜，我至今仍深信最好的文学资源是来自双目也来自腕底。古代僧人每每刺血抄经，刺血也许不必，但一字一句抄写的经验却是不应该被取代的享受。仿佛玩玉的人，光看玉是不够的，还要放在手上抚触，行家叫“盘玉”。中国文字也充满触觉性，必须一个个放在纸上重新描摹——如果可能，加上吟哦会更好，它的听觉和视觉会一时复苏起来，活力弥弥。当此之际，文字如果写的是花，则枝枝叶叶芬芳可攀；如果写的是骏马，则嘶声在耳，鞍辔光鲜，真可一跃而去。我的少年时代没有电视，没有电动玩具，但我反而因此可以看见希腊神话中赛克公主的绝世美貌，黄河冰川上的千古诗魂……

读我能借到的一切书，买我能买到的一切书，抄录我能抄录的一切片段。

刘邦和项羽看见秦始皇出游，便跃跃然有“我也能当皇帝”

的念头，我只是在看到一篇好诗好文的时候有“让我也试一下”的冲动。这样一来，只有对不起语文老师了。每每放了学，我穿过密生的大树，时而停下来看一眼枝丫间乱跳的松鼠，一直跑到语文老师的宿舍，递上一首新诗或一阕词，然后怀着等待开奖的心情，第二天再去老师那里听讲评。我平生颇有“老师缘”，回想起来皆非我善于撒娇或逢迎，而在于我老是“找老师的麻烦”。我一向是个麻烦特多的孩子，人家两堂作文课写一篇五百字的“双十节感言”交差了事，我却抱着本子从上课写到下课，写到放学，写到回家，写到天亮，把一个本子全写完了，写出一篇小说来。老师虽一再被我烦得要死，却也对我终生不忘了。少年之可贵，大约便在于胆敢理直气壮地去麻烦师长，即便有老天爷坐在对面，我也敢连问七八个疑难（经此一番折腾，想来，老天爷也忘不了我），为文之道其实也就是为人之道吧？能坦然求索的人必有所获，那种渴切直言的探求，任谁都要稍稍感动让步的吧？

你在信上问我，老是投稿，而又老是遭人退稿，心都灰了，怎么办？

你知道我想怎样回答你吗？如果此刻你站在我面前，如果你真肯接受，我最诚实最直接的回答便是一阵仰天大笑：

“啊！哈——哈——哈——哈——哈！……”

笑什么呢？其实我可以找到不少“现成话”来塞给你做标准答案，诸如“勿气馁”啦，“不懈志”啦，“再接再厉”啦，“失败为成功之母”啦，可是，那不是我想讲的。我想讲的，其实就只是一阵狂笑！

一阵狂笑是笑什么呢？笑你的问题离奇荒谬。

投稿，就该投中吗？天下哪有如此好事？买奖券的人不敢抱怨自己不中，求婚被拒绝的人也不会到处张扬，开工设厂的人也都事先心里有数，这行业是“可能赔也可能赚”的。为什么只有年轻的投稿人理直气壮地要求自己的作品成为铅字？人生的苦难千重，严重得要命的情况也不知要遇上多少次。生意场上、实验室里、外交场合，安详的表面下潜伏着长年的生死之争。每一类成功者都有其身经百劫的疤痕，而年轻的你却为一篇退稿陷入低潮？

记得大一那年，由于没有钱寄稿（虽然，稿件视同印刷品，可以半价——唉，邮局真够意思，没发表的稿子他们也视同印刷品呢！——可惜我当时连这半价邮费也付不出啊！），于是每天亲自送稿，每天把一番心血交给门口警卫以后便很不好意思地悄悄走开——我说每天，并没有记错，因为少年的心易感，无一事无一物不可记录成文，每天一篇毫不困难。胡适当年责备少年人“无病呻吟”，其实少年在呻吟时未必无病，只因生命资历浅，不知如何把话删削到只剩下“深刻”，遭人退稿也是活该。我每天送稿，因此每天也就可以很准确地收到两天前的退稿，日子竟过得非常有规律起来，投稿和退稿对我而言就像有“动脉”就有“静脉”一般，是合乎自然定律的事情。

那一阵投稿，我一无所获——其实，不是这样的，我大有斩获，我学会用无所谓的心情接受退稿。那真是“纯写稿”，连发表不发表也不放在心上。

如果看到几篇稿子“回航”就令你沮丧消沉——年轻人，请听我张狂的大笑吧！一个怕退稿的人可怎么去面对冲锋陷阵的人生呢？退稿的灾难只是一滴水、一粒尘的灾难，人生的灾难才叫排山倒海呢，碰到退稿也要沮丧——快别笑死人了，所以说，对我而言，你问我的问题不算“问题”，只算“笑话”，投稿投不中有什么大不了！如果你连这不算事情的事也发愁，你这一生岂不愁死？

传统中文系的教育很多人视之为写作的毒药，奇怪的是对我而言，它却给了我一些更坚实的基础。文字训诂之学，如果你肯去了解它，其间自有不能不令人动容的中国美学，声韵学亦然。知识本身虽未必有感性，但那份枯索严肃亦如冬日，繁华落尽处自有无限生机。和一些有成就的学者相比，我读的书不算多，但我自信每读一书于我皆有增益。读《论语》，于是我竟有不胜低徊之致；读史书，更觉页页行行都该标上惊叹号。世上既无一本书能教人完全

学会写作，也无一本书完全于写作无益。就连看一本烂书，也令我恍然自惕，为文万不可如此骄矜昏昧，不知所云。

有一天，在别人的车尾上看到“独身贵族”四个大字，当下失笑，很想在自己的车尾上也标上“已婚平民”四个字。其实，人一结婚，便已堕入平民阶级，一旦生子，几乎成了“贱民”，生活中种种烦琐吃力处，只好一肩担了。平民是难有闲暇的，我因而不能有充裕的写作时间，但我也因而了解升斗小民在庸庸碌碌、乏善可陈的生活背后的尊严，我因怀胎和乳养的过程，而能确实怀有“彼亦人子也”的认同态度，我甚至很自然地用一种霸道的母性心情去关爱我们的环境和大地。我人格的成熟是由于我当了母亲，我的写作如果日有臻进，也是基于同样的缘故。

你看，你只问了我一个简单的问题，而我，却为你讲了我的半生。文章千古事，得失寸心知。记得旅行印度的时候，看到有些小女孩在编丝质地毯，解释者说：必须从幼年就学起，这时她们的指头细柔，可以打最细最精致的结子，有些毯子要花掉一个女孩一生的时间呢！文学的编织也是如此一生一世吧？这世上没有什么不是一生一世的，要做英雄，要做学者，要做诗人，要做情人，所要付出的代价不多不少，只是一生一世，只是生死以之。

我，回答了你的问题吗？

谁敢？

那句话，我是在别人的帽徽上读到的，一时找不出好的翻译，就照英文写出来，用图钉按在研究室的绒布板上。那句话是：

Who dares wins.（勉强翻，也许可以说：“谁敢，就赢！”）

读别人帽徽上的话，好像有点奇怪，我却觉得很好，我喜欢读白纸黑字的书，但更喜欢写在其他素材上的话。像铸在洗濯大铜盘上的“苟日新、日日新、又日新”；像清风过处，翻起文天祥的囚衣襟带上一行“孔曰成仁，孟曰取义……读圣贤书，所学何事……”；像古埃及的墓石上刻的“我的心，还没有安睡”。

喜欢它们，是因为那里面有呼之欲出的故事。而这帽徽上的字亦自有其来历，它是英国第二十二特种空勤部队（简称S.A.S.）的“队标”（如果不叫“队训”的话）。这个兵团很奇怪，专门负责不可能达到的任务，一九八〇年，他们在伦敦太子门营救被囚于伊朗大使馆里的人质，不到十五分钟，便制伏了恐怖分子，救出十九名人质。至今没有人看到这些英雄的面目，他们行动时一向戴着面套，他们的名字也不公布，他们是既没有名字也没有面目的人，世人只能知道他们所做的事情。

“Who dares wins.”

这样的句子绣在帽徽上真是沸扬如法螺，响亮如号钹。而绣有这样一句话的帽子里面，其实藏有一颗头颅，一颗随时准备放弃的头颅。看来，那帽徽和那句话恐怕常是以鲜血为插图、为附注的吧！

我说这些干什么？

我要说的是任何行业里都可以有英雄。没有名字，没有面目，却是英雄。那几个字钉在研究室的绒布板上，好些年了，当时用双钩钩出来的字迹早模糊了，但我偶然驻笔凝视之际，仍然气血涌动，胸臆间鼓荡起五岳风雷。

医者是以众生的肉身为志业的，“肉身”在故事里则每是几生几世修炼的因缘，是福慧之所凝聚，是悲智之所交集。一个人既以众生的肉身为务，多少也该是大英雄、大豪杰吧？

我之所以答应去四湖领队，无非是想和英雄同行啊！“谁敢，就赢！”医学院里的行者应该是勇敢的，无惧于课业上最大的难关，无惧于漫漫长途中的困顿颠踬，勇于在砾土上生根，敢于把自己豁向茫茫大荒。在英雄式微的时代，我渴望一见以长剑辟开榛莽，一骑遍走天下的人。四湖归来，我知道昔日山中的一小注流泉已壮为今日的波澜，但观潮的人总希望看到一波复一波的浪头，腾空扑下，在别人或见或不见之处，为岩岬开出雪白的花阵。但后面的浪头呢，会及时开拔到疆场上来吗？

谁敢，就赢。

敢于构思，敢于投身，敢于自期自许，并且敢于无闻。

敢于投掷生命的，如S.A.S.会赢得一番漂亮的战果。敢于深植生命如一粒麦种的医学人，会发芽蹿进，赢得更丰盈饱满的生命。有人敢吗？

我不知道怎样回答

有些时候，我不知怎样回答那些问题，可是……

有一次，经过一家木材店，忽然忍不住为之驻足了。秋阳照在那一片粗糙的木纹上，竟像炒栗子似的，爆出一片干燥郁烈的芬芳。我在那样的香味里回到了太古，我恍惚可以看到遮天蔽日的原始森林，我看到第一个人类以斧头斫向擎天的绿意，一斧下去，木香争先恐后地喷向整个森林，那人几乎为之一震。每一棵树是一瓶久贮的香膏，一经启封，就香得不可收拾。每一痕年轮是一篇古赋，耐得住最仔细的吟读。

店员走过来，问我要买什么木料，我不知怎样回答。我只能愚笨地摇摇头。我要买什么？我什么都不缺，我拥有一街晚秋的阳光，以及免费的沉实浓馥的香味。要快乐，所需要的东西是多么出人意料地少啊！

七岁那年，在南京念小学三年级，我一直记得我们的校长。二十五年之后我忽然知道她在台北一个五专做校长，便决定去看看她。

校警把我拦住，问我找谁，我回答了他，他又问我找她干什么，我忽然支吾而不知所答。我找她干什么？我怎样使他了解我“不干什么”，我只是冲动地想看看二十五年前升旗台上一个亮眼的回忆，我只想把二十五年来还没有忘记的校歌背给她听，并且想问问她当年因为幼小而唱走了音的是什么字——这些都算不算事情呢？

一个人找一个人必须要“有事”吗？我忽然感到悲哀起来。那校警后来还是把我放了进去，我见到久违了四分之一世纪的一张脸，我更爱她——因为我自己也已经做了十年的老师。她也非常讶异而快乐，能在世事沧桑后一同活着，一同燃烧着，是一件可惊可叹的事。

儿子七岁了，忽然出奇地想建树他自己。有一天，我要他去洗手，他拒绝了。

“我为什么要洗手？”

"洗手可以干净。"

"干净又怎么样，不干净又怎么样？"他抬起调皮的晶亮眼睛。

"干净的小孩才有人喜欢。"

"有人喜欢又怎么样，没有人喜欢又怎么样？"

"有人喜欢将来才能找个女朋友啊？"

"有女朋友又怎么样，没有女朋友又怎么样？"

"有女朋友才能结婚啊！"

"结婚又怎么样，不结婚又怎么样？"

"结婚才能生小娃娃，妈妈才有小孙子抱哪！"

"有孙子又怎么样，没有孙子又怎么样？"

我知道他简直为他自己新发现的句子构造而着迷了，我知道那只是小儿的戏语！但也不由得感到一阵生命的悲凉，我对他说：

"不怎么样！"

"不怎么样又怎么样，怎么样又怎么样？"

我在瞠目不知所对中感到一种敬意，他在成长，他在强烈地想要建树起他自己的秩序和价值，我感到一种生命深处的震动。

虽然我不知道怎样回答他的问题，虽然我不知道用什么方法使一个小男孩喜欢洗手，但有一件事我们彼此都知道，我仍然爱他，他也仍然爱我，我们之间仍然有无穷的信任和尊敬。

种种有情
种种可爱

生命刚刚好的温度

我对生命中的涓滴每有一分赏悦，上帝总立即赐下万道流泉。

我每为一个音符凝神，他总倾下整匹的音乐如素锦。

生命的厚礼，原来只赏赐给那些肯于一尝的人。

女人，和她的指甲刀

“要不要买一把小指甲刀？”张小泉剪刀很出名的，站在灵隐寺外，我踌躇，过去看看吧！好几百年的老店呢！

果真不好，其实我早就料到，旅行在外，你要把自己武装好，以免因失望太多而生病。

回到旅馆，我赶紧找出自己随身带的那把指甲刀来剪指甲，虽然指甲并不长，但我急着重温一下这把好指甲刀的感觉。

这指甲刀买了有十几年了，日本制，在香港买的，约值二百台币，当时倒是狠下心才买的。用这么贵的价钱买一把小小的指甲刀，对我而言，是介乎奢华和犯罪之间的行为。

刀有个小纸盒，银色，盒里垫着蓝色的假丝绒。刀是纯钢，造型利落干净。我爱死了它。

十几年来，每个礼拜，或至多十天，我总会跟它见一次面，接受它的修剪。这种关系，也该算作亲密了，想想看，十几年哪——有好些婚姻都熬不了这么久呢！

我当时为什么下定决心要买这把指甲刀呢？事情是这样的：平常家里大概总买十元一把的指甲刀，古怪的是，几乎随买随掉。等孩子长到自己会剪指甲的年龄，情况更见严重，几乎每周掉一把，问丈夫，他说话简直玄得像哲学，他说："没有掉，只是一时找不着了。"

我有时有点绝望，仿佛家里出现了"神秘百慕大"，什么东西都可以自动销匿化烟。

幼小的时候看人家登离婚广告，总是写"我俩意见不合"，便以为夫妻吵架一定是由于"意见不合"。没想到事情轮到自己头上，全然不是那么回事，我们每次吵架，原因都是"我俩意见相同"，关于掉指甲刀的事也不例外。

"我看一定是你用完就忘了，放在你自己的口袋里了。"

每次我这样说他的时候，他一定做出一副和我意见全然一致的表情：

"我看一定是你用完就忘了，放在你自己的口袋里了。"

掉刀的事，终于还是不了了之。

我终于决定让自己拥有一件“完完全全属于我自己的东西”。

婚姻生活又可爱又可怕，它让你和别人“共享”，“共享”的结果是：房子是俩人的，电话是俩人的，筷子是大家的，连感冒，也是有难同当。

唉！

我决定自救，我要去买一把指甲刀给自己，这指甲刀只属于我，谁都不许用！以后你们要掉刀是你们的事！

我要保持我的指甲刀不掉。

这几句话很简单，但不知为什么我每次企图说服自己的时候，都有小小的罪疚感。还好，终于，有一天，我把自己说服了，把刀买了，并且鼓足勇气向其他三口家人说明。

我珍爱我的指甲刀，它是我在婚姻生活里唯一一项“私人财产”。

深夜，灯下，我剪自己的指甲，用自己的指甲刀，我觉得幸福。剪指甲的声音柔和清脆，此刻我是我，既不妻，也不母，既不贤，也不良，我只是我。远方，仍有一个天涯等我去行遍。

粉红色的挑发针

年轻的女孩向我形容一件不堪的事，她说：

“你想想看，简直不能忍受，我看过一个妈妈，她为自己的小女儿梳头，居然用圆珠笔来挑分中线，划得那道头皮一线深蓝，长大以后也不知洗不洗得掉呢！”

“哎，这种懒婆娘！”我咬咬牙，“她就算再懒，至少也该找根用干了的没有水的圆珠笔来做这件事吧？这样，弄得像‘头皮刺青’，怪可怕的！”

当年，蔡孑民先生曾打算用“美学教育”来代替宗教。“美学”至今在哪里？我不知道。我只知道，我们上自“总统”下至市长、校长，乃至那位粗心大意的母亲，全在联手进行“丑学”教育。而一切丑，都奠基于潦草大意，漫不经心。所以，你会看到“总统府”，居然会在红砖外层涂漆，你会看到陈市长解决旧市府的妙策竟是把它一划为二，分交两个不相干的团体。（早年的某市长更厉害，古迹城墙，先拆再说，打死猪仔问价钱，你能把我怎么样？）。至于各大中小学校校园，你可以看到贴满马赛克的杂乱建筑，这种校园建筑如果不漏不渗已经就够幸运了，谁还管什么和传统旧建筑之间的搭配。

美，是有系统的，慎重谨敬的、有脉络有缘故的，丑却草率邋遢，自暴自弃。虽然有时美伪装得像后者，但其实不然，美的大自在来自“从心所欲不逾矩”的素养，而非邋遢。

听年轻女孩说“蓝头皮事件”，我忽然心念一动，说：

“啊，我给你看件东西。你看你能认得出来是个什么吗？”

女孩把东西接过手去，左瞧右瞧，答不上话来。那东西形状像毛线针，却短些，大约不足二十厘米，一头稍粗，一头偏细，颜色介乎橙红与粉红之间，因为染得不均匀，看起来完全像珊瑚，其实却是牛骨。

说来也是凑巧，那天我刚好从南部探望父母回来，回来时，跟母亲讨得这东西。它是我幼小时惯见的、母亲分头发用的挑发针。记得她梳好头，打正中间一挑，一根笔直的发线就出现了。

盛年时期的母亲，总是有一头乌发需要挑分两边。那时代的美人流行发梳左右，额头正中间则有一点美丽的桃花尖——啊，那个婉约多姿的时代。

想起来了，好像连我梳辫子也是用这根针分线的。但因为我看不见自己当时被挑头发的神情，所以记忆里全是母亲的表情。每次，她梳好头，总非常慎重地向红木框的镜子更靠近一点。她的上身前倾，她的目光庄凝，珊瑚发针对准黑发中划过，划出一道“发之丝路”！啊，我为什么对这些小细节记得那么清楚？我想是那个敬慎悠远的眼神令我懔然。

年轻女孩对挑发针十分惊讶，如见一件古董。然而，只有我知道，在“珊瑚色的牛骨发针”和“草率的圆珠笔”之间，我们的时代究竟亏累了多少美丽审慎的心情。

瓶身与瓶盖

家里有个抽屉，专门放些落单了的瓶身和瓶盖。

呜呼！说起“瓶身和瓶盖”的身世，方其来我家之时，本是“同年同月同日生”，不幸却不见得是“同年同月同日死”。悲剧发生之际往往但闻当啷一声，厨房的地上已狼藉一片。检视之下，打破的多半是瓶身，剩下的瓶盖则在一旁掩面垂泣，活像新寡的女子。

我把玻璃扫成堆，包好，准备丢到资源回收车里，却不忍把瓶盖也一起丢掉，毕竟这不是百年前的印度，没有理由叫妻子跟着殉葬。于是，瓶盖便被单独留下。

可是奇怪，茫茫宇宙那么大，但要想为这些落了单的瓶盖找个瓶身却也其难。不得已，暂时把它们放着。

事有凑巧，有时候，瓶盖也会发生“中道崩殂”的悲剧。譬如说，有些瓶子便因为用的是铁质盖子，不久后便生锈了；也有些瓶子使用塑胶盖，胶质不好，用力一拧，便裂了缝。此外还有铁质盖子掉到地上遭人踩扁踩歪不克再尽忠职守的，或胶质盖子遭热水或热火一烫，竟至全面“毁容”的。凡发生这些状况，也只好一律遣散。还有些，也不知什么缘故，瓶盖硬是在并无大难临头的情况下跟瓶子因不明理由各自分飞了事……发生了以上诸种怪象，剩下来的，便是瓶身了，我把这些瓶身也小心收着。

大约过了半年之后，我把抽屉里的瓶身、瓶盖一股脑儿全倒出来，试试看有没有办法为它们重新配对，寻找第二春。

这些“单身贵族”有些真有其“誓死靡他”的贞志，抵死不跟第二个伴侣搭配。不过，也有些时候，很偶然的，一个美国某山乡的黑莓果酱瓶，竟跟本地某辣椒酱的盖子扣上了，哎，那时候的喜悦一时真说不清。我生平没做过媒婆，成天只顾忙着为瓶身、瓶盖配对，想来那为人间男女配对而成功的媒人，其喜悦当又百倍于我之上。

瓶身和瓶盖之间其实并不完全等于失偶的男女。它也像圣君贤相之难于相值，像文豪与批评家不易棋逢对手，像天才歌者与不世指挥容易失之交臂。人间本是如此多恨，我要想用小小的抽屉减少一些不相逢的憾恨，算来也是件既悲壮又可笑的行为吧？

缘豆儿

在一本书上，我惊奇地读到这样简单的记载：

旧俗四月初八煮青豆黄豆遍施人以结缘，称“缘豆儿”。

读完了，想象力就开始忙碌起来，究竟是怎样一种风俗？一个人到了那天该煮一把豆子还是一升一斗豆子？清煮还是加酱卤？怎么个送法呢？站在街口还是市集上呢？送给什么样的人呢？是不是包括读书人、田家、屠户、老人、小男孩、小女孩、唱歌的、说书的，以及要猴戏的、卖炊饼的……

而当黄昏，送完了所有豆子的钵子里，是不是换上了别人的豆子？我想着想着，只觉手上陡然沉重起来，低头一看，那只古人的钵子不知什么时候竟移到我手上来了。

所谓小人物的一生，也不过是那么小小的一只钵子，里面装着小小的豆子。而所谓少年就是那种欢欢喜喜地站在街头的心情吧！好天好日，好风好鸟，我们觉得跟每个擦肩而过的人都有一段好因缘。

一只小小的钵子，一堆小小的豆子，街头的人潮来了又去，怎知今日的一个凝视，不是明日的一个天涯？而这偶然的一驻足间，且让我们互赠一颗小小的玉粒似的豆子，采撷自我田亩间的豆子——所谓少年，就是那份愉悦的掏掬的兴奋。

而有一天当我年老，当我的豆子赠尽，我会捧着别人赠我的那一钵，慢慢地从大街上走回来，就着夕晖，细数那每一粒玉莹。

回头觉

几个朋友围坐聊天，聊到“睡眠”。

“世上最好的觉就是回头觉。”有一人发表意见。

立刻有好几人附和。回头觉也有人叫“还魂觉”，如果睡过，就知道其妙无穷。

回头觉是好觉，这种状况也许并不合理，因为好觉应该一气呵成、首尾一贯才对，一口气睡得饱饱，起来时可以大喝一声：“八小时后又是一条好汉！”

回头觉却是残破的。睡到一半，闹钟猛叫，必须爬起，起来后头重脚轻，昏昏倒倒，神智迷糊，不知怎么却又猛想起，今天是假日，不必上班上学，于是立刻回去倒头大睡。这“倒下之际”那种失而复得的喜悦，是回头觉甜美的原因。

世间万事，好像也是如此，如果不面临“失去”的惶恐，不像遭剥皮一般被活活剥下什么东西，也不会憬悟“曾经拥有”的喜悦。

你不喜欢你所住的公寓，它窄小、通风不良，隔间也不理想。但有一天你忽然听见消息，说它是违章建筑，违反都市计划，市府下个月就要派人来拆了。这时候你才发现它是多么好的一栋房子啊，它多么温馨安适，一旦拆掉真是可惜，叫人到哪里再去找一栋和它相当的好房子？

如果这时候有人告诉你这一切不过是误传，这栋房子并不是违建，你可以安心地住下去——这时候，你不禁欢欣喜忭，仿佛捡到一栋房子。

身边的人也是如此，惹人烦的配偶、缠人的小孩、久病的父母，一旦无常，才知道因缘不易。从癌症魔掌中抢回亲人，往往使我们有叩谢天恩的冲动。

原来一切的“继续”其实都可以被外力“打断”，一切的“进行”都可能强行“中止”，而所谓的“存在”也都可以被剥夺成“不存在”。

能睡一个完美的觉的人是幸福的，可惜的是他往往并不知道自己拥有那份幸福。因此被吵醒而回头再睡的那一觉反而显得更幸福，只有遭剥夺的人才知道自己拥有的是什么。

让我们想象一下自己拥有的一切有多少是可能遭掠夺的，这种想象有助于增长自己的“幸福评分指数”。

一碟辣酱

有一年，在香港教书。

港人非常尊师，开学第一周，校长在自己家里请了一桌席，有十位教授赴宴，我也在内。这种席，每周一次，务必使校长在学期中能和每位教员谈谈。我因为是客，所以列在首批客人名单里。

这种好事因为在台湾从未发生过，我十分兴头地去赴宴。原来菜都是校长家的厨子自己做的，清爽利落，很有家常菜风格。也许由于厨子是汕头人，他在诸色调味料中加了一碟辣酱，校长夫人特别声明是厨师亲手调制的。那辣酱对我而言稍微嫌甜，但

我还是取用了一些。因为一般而言广东人怕辣，这碟辣酱我若不捧场，全桌粤籍人士没有谁会理它。广东人很奇怪，他们一方面非常知味，一方面却又完全不懂“辣”是什么。我有次看到一则比萨饼的广告，说“热辣辣的”，便想拉朋友一试，朋友笑说：“你错了，热辣辣跟辣没有关系，意思是指很热很烫。”我有点生气，广东话怎么可以把辣当作热的副词？仿佛辣本身不存在似的。

我想这厨子既然特意调制了这独家辣酱，没有人下箸总是很伤感的事。汕头人是很以他们的辣酱自豪的。

那天晚上吃得很愉快也聊得很尽兴。临别的时候主人送客到门口，校长夫人忽然塞给我一个小包，她说：“这是一瓶辣酱，厨子说特别送给你的。我们吃饭的时候他在旁边巡巡看看，发现只有你一个人欣赏他的辣酱，他说他反正做了很多，这瓶让你拿回去吃。”

我其实并不十分喜欢那偏甜的辣酱，吃它原是基于一点善意，不料竟回收了更大的善意。我千恩万谢受了那瓶辣酱——这一次，我倒真的爱上这瓶辣酱了，为了厨子的那份情。

大约世间之人多是寂寞的吧？未被击节赞美的文章，未蒙赏识的赤诚，未受注视的美貌，无人为之垂泪的剧情，徒然地弹了又弹却不曾被一语道破的高山流水之音；或者，无人肯试的一碟食物……

而我只是好意一举箸，竟蒙对方厚赠，想来，生命之宴也是如此吧？我对生命中的涓滴每有一分赏悦，上帝总立即赐下万道流泉。我每为一个音符凝神，他总倾下整匹的音乐如素锦。

生命的厚礼，原来只赏赐给那些肯于一尝的人。

口香糖、梨、便当

有人问我吃不吃口香糖，我回答说：

“不吃，那东西太像人生，我把它划为‘悲惨食物’。”

对方被我吓了一跳，不过小小一块糖，哪用得上那么沉重的形容词？但我是认真的，人人都有怪癖，不肯吃口香糖大概还不算严重的。我对口香糖的味道并没有意见，我甚至也可以容得下美国孩子边嚼口香糖边打棒球的吊儿郎当相。我不能忍受的是，它始于清甜芳香，却竟而愈嚼愈像白蜡，终而必须吐之弃之，成为废物。

还有什么比嚼口香糖更像人生呢？

人的一生也是如此，一切最好的全在童年时期过完了，花瓣似的肌肤，星月般的眼眸，记忆力则如烙铁之印，清晰永志。至于一个小孩晨起推门跑出去的脚步声，是那么细碎轻扬，仿佛可以直奔月球然后折返回来。

然而当岁月走过，剩下的是菡萏香销之余的残梗，是玉柱倾圮之后的废墟。啊！鸡皮鹤发、耳聋齿落之际，难道不像嚼余的糖胶吗？连成为垃圾都属于不受欢迎的垃圾。

口香糖是众糖之中最悲哀的糖。它的情节总是急转直下，陡降深渊。

水果中也有种水果特别引我伤感，那是梨。

梨如果削了皮，顺着吃水果的自然方式去吃，则第一口咬下去的外围的肉脆嫩沁甜，令人怡悦。只是越吃到靠中心的部分越酸涩粗糙，不堪入口。吃梨于我永远是一则难题，太早放弃，则浪费食物，对不起世上饥民；勉强下咽则对不起自己的味觉。

不过，还好，梨子是上帝造的，不像口香糖是美国人造的。梨子心再难吃也有个限度，不像口香糖残胶，咽下去是会出事的。

我终于想好了一种吃梨的好方法：我把梨皮削好，从外围转圈切下梨块，及至切下三分之二的梨肉，我便开始吃梨心，梨心吃完之后才回过头去吃梨子外围的肉。这种“倒吃”的方法其实

也不奇特，民间本来就有“倒吃甘蔗”的谚语。我每次用此法吃梨都能享受一番“渐入佳境”的喜悦。

想起当年小学和中学时代，同学之间无形中有一种“吃便当文化”，那时代物质供应不甚丰裕，便当里的菜也就很有限（而由于我和我的同学全是女孩子，女孩子在某些家庭中，其便当内容又比男孩差），但怎么吃这种便当，说来也有一些大家不约而同的守则：那便是先努力吃白饭，把便当中的精华（例如，半粒卤蛋，或一块油豆腐）留待最后，每当大家功德圆满，吃完了米饭，要享受那丰富的“味觉巅峰”，心里是多么快乐呀！那“最后美味”的一小口，是整个午餐时间的大高潮。

尽管只是一个填饱的便当，尽管菜式不丰美、不精致，那最后一口的情节安排竟然很像中国古典戏剧“苦尽甘来”的结局。我们吃那一口的时候多半带着欢呼胜利的心情，那是整个上半天最快乐的一霎。

人生能否避免“口香糖模式”“梨子模式”，而成为我小时候的那种渐入佳境的“便当模式”？我深感困惑。

买橘子的两种方法

巷口有人在卖桶柑，我看了十分欢喜，一口气买了三斤，提回家来。如果不是因为书重，我还想买更多。那时，我刚结婚不久。

桶柑个头小，貌不惊人，但仔细看，其皮质光灿，吃起来则芳醇香甘，是柑橘类里我最喜欢的一种。何况今天我碰上的这批货似乎刚采撷不久，叶子碧绿坚挺，皮色的“金”和叶色的“碧”互相映衬，也算是一种“金碧辉煌”。我提着这一袋“金碧辉煌”回家，心中喜不自胜。

回到家，才愕然发现，公公也买了一袋同样的桶柑。他似乎没有发现我手上的水果，只高高兴兴地对我说：

“我今天看到有人在卖这种蜜柑，还不错，我就买了——你知道吗？买这种橘子，要注意，要拣没有梗、没有叶的来买。你想，梗是多么重啊！如果每个橘子都带梗带叶，买个两三斤，就等于少买了一个橘子了，那才划不来。”

我愣了一下，笑笑，没说什么。原因是，我买的每一个橘子都带梗带叶。而且，我又专爱挑叶子极多的那种来买。对我而言，买这橘子一半是为嘴巴，一半是为眼睛。我爱那些绿叶，我觉得卖柑者把一部分的橘子园也借着那些叶片搬下山来了。买桶柑而附带买叶子，使我这个“台北市人”能稍稍碰触一下那种令人渴想得发狂的田园梦。

而公公那一代却是从贫穷边缘挣扎出来的，对他来说，如果避开枝叶就可以为家人争取到多一枚的橘子，实在是开心至极的事。他把这“买橘秘诀”传授给我，其实是好意地示我以持家之道。公公平日待人其实很宽厚，他在小处扣省，也无非是守着传统的节俭美德。

我知道公公是对的，但我知道自己也没有错。

公公只要买橘子，我要的却更多。我如果把我买的那种橘子盛在家中一只精美的竹箩筐里，并放在廊下，就可以变成室内设计的一部分。而这种美的喜悦令人进进出出之际恍然误以为自己在柑橘园收成。对我而言那几片小叶子比花还美，而花极贵，岂容论斤秤买？我把我买的叶子当插花看待，便自觉是极占便宜的一种交易。

而这个世界上，我们总是不断碰到“我对他也对”的局面。那一天，我悄悄把自己买的带叶桶柑拎进自己的卧房。对长辈，辩论对错是没有什么意义的。

许多年过去了，公公依然用他的方法买无叶橘子。而我，也用我的方法买有叶橘子。他的橘子，我嫌它光秃秃的不好看，但我知道那无损于公公忠恳简朴的善良本性。他的买橘方法和我的一样值得尊崇敬重。

请问，你是洞庭红的后代吗？

下面的故事，你且当灵异话题看待好了。

有一天，我到家附近的水果行去买橘子，我其实有点恨冬天，但因为橘子和火锅这两样东西，我又决定原谅冬天了。

橘子在台湾以椪柑为主流，我自己却比较偏爱桶柑，后者皮比较紧致，果肉也长得实实在在的，而且还附着绿叶卖，可惜它上市比较晚，不到一月份，是见不到踪迹的。至于海梨，虽然长相不错，味道也甜甜的，我却总觉它血统可疑，不像柑橘家庭的子弟。

这一天，我看到有一种插牌为“日本蜜柑”的品种在卖，这种橘子我去年吃过，味道不错，记得是别人送的，因为只顺手送了几颗，所以没好好注意。今年看它在大篓子里，红红艳艳如一座喷着岩浆的火焰山，委实令人一惊。天哪，竟有如此如此红的橘子！

像嗅觉灵敏的警探，我立刻对自己宣布：

“这一定是洞庭红了！”

可是我能把这去告诉谁呢？谁知道洞庭红是什么玩意儿呢？

“这橘子真是从日本进口的吗？”

“是日本种，台湾种的。”

“种在哪里？”

“大概是嘉义一带吧！”

日本怎么会有好橘子？在两千五百年前晏子的时代，他们已经了解橘子是南方佳果，淮河以北是长不出好橘子来的。换言之，橘子在北半球注定只在二十三摄氏度到三十三摄氏度之间最好长。日本地理位置偏北，要想种橘子，大概只能靠九州或琉球。当然，也许他们另有暖房或其他妙计也未可知，但毕竟细想起来令人起疑。

我因此毫无根据地就认为这橘子是被引到日本去的洞庭红的海外苗裔，只因它外表看来真的就是古诗中所说的洞庭红形貌。

洞庭红其实就是洞庭柑，而此洞庭不指湖南那个湖，而是

指江苏太湖中的洞庭山。南宋名将韩世忠的儿子韩彦直写过一本《橘录》（那是世界上第一本有关橘子的百科全书），书中说：

洞庭柑，皮细而味美，比之他柑，韵稍不及，熟最早，藏之至来岁之春，其色如丹，乡人谓，其种自洞庭山来，故以得名。

身为名将之后，韩彦直却是位务实的地方官，在浙江永嘉（温州）一带“拼橘子经济”。

洞庭柑当年是可以入贡的，唐代诗人白居易在身为当地太守时就亲自去拣橘上贡，并且写了一首七律——《拣贡橘书情》，最末一句是：

愿凭朱实表丹诚。

他的朋友周元范也和了一首，其中一二句如下：

离离朱实绿丛中，似火烧山处处红。

红得像一粒心，红得像火，洞庭红就是如此。

我在台北街头看到名称为“日本蜜柑”的，一斤可称上六七个的小小红红的橘子，只因被它异常的金红所魅，一时竟如同痴心的老年男子，忽在街头见一小女孩生得极为端严都丽，便急着跑去问她：

“请问你是名画上某某夫人的曾孙女吗？”

那老年绅士于画上美女其实是只曾远观只曾风闻，却因异代相隔从来不曾亲其芳泽，但居然被他问对了，小女孩竟真是那美人的后代，他凭的不是DNA检验报告，而是直觉，近乎灵异的直觉。

洞庭红柑最让我难忘的还不是白居易的诗，而是明末抱瓮老人《今古奇观》中收的一个故事。故事名叫《转运汉遇巧洞庭红》，说到明朝苏州有位文若虚，本为聪明世家子，却因倒运败尽家产。好在他有从事海外贸易的朋友，就邀他上船散心，他手头只有一两银子，顺便买了一百多斤洞庭红，船行三五日，到了一个“吉零国”，那些橘子原拟自用的，不料却被吉零国人看到而高价竞买，一刹那他竟变成了千两富翁。这故事借吉零国人的嘴，把洞庭红赞成了琼浆玉液。

深夜灯下写稿，剥一枚小橘放在一旁，自觉比被人贡橘的皇帝还尊贵。唐朝白居易爱赏的，宋代韩彦直描述的，明代小说里绘声绘影的，日本人拿去育种的（我猜），最后台湾人拿它在中部果园试种成功的这枚橘子，我是多么庆幸自己正在享用它。只是我很想问它：“请问，你真是洞庭红的后代吗？”

那部车子

朋友跟我抢付车票钱，在兰屿的公车上。

“没关系啦，”车掌是江浙口音，一个大男人，“这老师有钱的啦，我知道的。”这种车掌，真是把全“车”了如指“掌”。

车子在环岛公路上跑着——不，正确一点说，应该是跳着——忽然，我看到大路边停着一辆车。

“怎么？怎么那里也有一辆，咦，是公路局的车，你不是说兰屿就这一辆车吗？”

“噢！”朋友说，“那是从前的一辆，从前他们搞来这么一辆报废车，嘿，兰屿这种路哪里容得下它，一天到晚抛锚，到后来算算得不偿失，干脆再花一百多万买了这辆全新的巴士。”

“这是什么坏习惯——把些无德无能的人全往离岛送，连车，也是把坏的往这里推，还是兰屿的路厉害，它硬是拒绝了这种车。”

“其实，越是离岛越要好东西。”朋友幽幽地说。

车过机场，有一位漂亮的小姐上来。

“今天不开飞机对不对？”车掌一副先见之明的样子。

“今天不开。”

“哼，我早就告诉你了。”忽然他又转过去问另一个乘客，“又来钓鱼啦！”

“又来了！”

真要命，他竟无所不知。

这位司机也是山地人，台湾来的。

他正开着车，忽然猛地急刹车，大家听到一声凄惨的猫叫。

“哎呀，轧死一只猫了！”乘客吓得心抽起来。

“哈，哈！”司机大笑。

哪里有什么猫？原来是司机先生学口技。那刹车，也是骗人的。

大概是开车太无聊了，所以他会想出这种娱人娱己的招数，

这样的司机不知该记过还是该记功。

“从前更绝，”朋友说，“司机到了站懒得开车门，对乘客说：‘喂，爬窗户进来嘛！’乘客居然也爬了。”

早班的公车开出来的时候，司机背后一只桶，桶里一袋袋豆腐，每袋二十四元，他居然一路走一路做生意。

每到一站，总有人来买豆腐。

不在站上也有人买，彼此默契好极了。司机一按喇叭，穿着蓝灰军衣的海防部队就有人跑出来，一手交钱，一手交货。

除了卖豆腐，他也卖槟榔。

“槟榔也是很重要的！”他一本正经地说，仿佛在从事一件了不起的救人事业。

豆腐是一位湖北老乡做的，他每天做二十斤豆子。

“也是拜师傅学的，”他说，“只是想赚个烟酒钱。”

他自称是做“阿兵哥”来的，以后娶了兰屿小姐——跟车掌一样，就落了籍了。他在乡公所做事。

“我那儿子，”他眉飞色舞起来，“比我高哪，一百八十几厘米，你没看过他们球队里打篮球打得最好的就是他呀！”

车子忽然停了下来，并且慢慢往后倒退。

“干什么？”

“他看海边那里有人要搭车。”朋友说。

海边？海边只有礁石，哪里有人？为什么他偏看得到？

那人一会儿工夫就跑上来了，手里还抱着海里摘上来的小树，听说叫海梅，可以剥了皮当枯枝摆设。

那人一共砍了五棵，分两次抱上车。

“等下补票，”他弄好了海梅，理直气壮地说，“钱放在家里。”

车掌没有反对。说的也是，下海的人身上怎么方便带钱？后来他倒真的回家补了钱。

“喂，喂！”我的朋友看到了他的兰屿朋友，站在路边。他示意司机慢点开，因为他有话要说。

“你有没有继续看病？”他把头伸出窗外，他是个爱管闲事的人。

“有啦……”那人嗫嗫嚅嚅地说。

“医生怎么说？”他死盯着不放。

“医生说……病有比较好啦。”

“不可以忘记看医生，要一直去。”他唠唠叨叨地叮咛了一番。

“好……”

车子始终慢慢开，等他们说完话。

“这些女人怎么不用买车票？”

“她们是搭便车的。”

“为什么她们可以搭便车？”

“因为她们是要到田里去种芋头的。”

我不知道这能不能算一个免票的理由，但是看到那些女人高高兴兴地下了车，我也高兴起来，看她们在晨曦里走入青色的芋田，只觉得全世界谁都该让她们搭便车的。

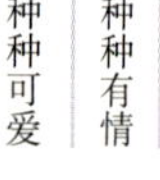
种种有情
种种可爱

这一生，为美而存在

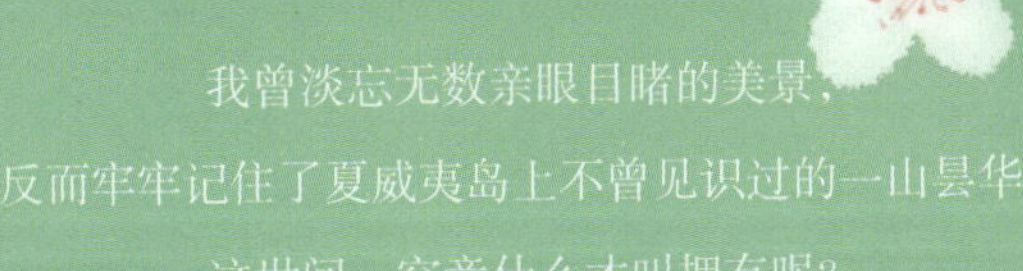

我曾淡忘无数亲眼目睹的美景，

反而牢牢记住了夏威夷岛上不曾见识过的一山昙华。

这世间，究竟什么才叫拥有呢？

常常，我想起那座山

一方纸镇

常常，我想起那座山。

它沉沉稳稳地驻在那块土地上，像一方纸镇，美丽凝重，并且深情地压住这张纸，使我们可以在这张纸上写属于我们的历史。

有时是在市声沸天、市尘弥地的台北街头，有时是在拥挤而又落寞的公共汽车站，有时是在异乡旅舍中凭窗而望，有时是在扼腕奋臂、抚胸欲狂的大痛之际，我总会想起那座山。

或者在眼中，或者在胸中，是华人，就从心里想要一座山。

孔子需要一座泰山，让他发现天下之小。

李白需要一座敬亭山，让他在云飞鸟尽之际有“相看两不厌”的对象。

辛稼轩需要一座妩媚的青山，让他感到自己跟山相像的“情与貌”。

是华夏子孙，就有权利向上帝要一座山。

我要的那一座山叫拉拉山。

山跟山都拉起手来了

“拉拉是泰雅尔话吗？”我问胡，那个泰雅尔司机。

“是的。”

“拉拉是什么意思？”

“我也不知道，”他抓了一阵头，忽然又高兴地说，“哦，大概是因为这里也是山，那里也是山，山跟山都拉起手来了，所以就叫拉拉山啦！”

他怎么会想起来用普通话的字来解释泰雅尔的发音的？但我不得不喜欢这种诗人式的解释，一点也不假，他话刚说完，我抬头一望，只见活鲜鲜的青色一刷刷地刷到人眼里来，山头跟山头正手拉着手，围成一个美丽的圈子。

风景是有性格的

十一月，天气一径地晴着，薄凉，但一径地晴着，天气太好的时候我总是不安，看好风好日这样日复一日地好下去，我说不上来地焦急。

我决心要到山里去一趟，一个人。

说得更清楚些，一个人，一个成年的女人，活得很兴头的一个女人，既不逃避什么，也不为了出来“散心”——恐怕反而是出来“收心”，收她散在四方的心。

一个人，带一块面包，几只黄橙，去朝山谒水。

有的风景的存在几乎是专为了吓人，如大峡谷，它让你猝然发觉自己渺如微尘的身世。

有些风景又令人惆怅，如小桥流水（也许还加上一株垂柳，以及模糊的鸡犬声），它让你发觉，本来该走得进去的世界，却不知为什么竟走不进去。

有些风景极安全，它不猛触你，它不骚扰你，像罗马街头的喷泉，它只是风景，它只供你拍照。

但我要的是一处让我怦然惊动的风景，像宝玉初见黛玉，不见眉眼，不见肌肤，只神情恍惚地说：

“这个妹妹，我曾见过的。”

他又解释道：“虽没见过，却看着面善，心里倒像是远别重逢的一般。”

我要的是一个似曾相识的山水——不管是在王维的诗里初识的，在柳宗元的《永州八记》里遇到过的，在石涛的水墨里咀嚼而成了瘾的，或在魂里梦里点点滴滴一石一木蕴积而有了情的。

我要的一种风景是我可以看它也可以被它看的那种。我要一片“此山即我，我即此山，此水如我，我如此水”的熟悉世界。

有没有一种山水是可以与我辗转互相注释的？有没有一种山水是可以与我互相印证的？

包装纸

像歌剧的序曲，车行一路都是山，小规模的，你感到一段隐约的主旋律就要出现了。

忽然，摩托车经过，有人在后座载满了野芋叶子，一张密叠着一张，横的叠了五尺，高的约四尺，远看是巍巍然一块大绿玉。想起余光中的诗——

那就折一张阔些的荷叶，

包一片月光回去，

回去夹在唐诗里。

扁扁的，像压过的相思……

台湾荷叶不多，但满山都是阔大的野芋叶，心形，绿得叫人喘不过气来，真是一种奇怪的叶子。曾经，我们的市场上芭蕉叶可以包一方豆腐，野芋叶可以包一片猪肉——那种包装纸真豪华。

一路上居然陆续看见许多载运野芋叶子的摩托车，明天市场上会出现多少美丽的包装纸啊！

肃然

山色愈来愈矜持，秋色愈来愈透明，我开始正襟危坐，如果米颠为一块石头而免冠下拜，那么，我该如何面对叠石万千的山呢？

车子往上升，太阳往下掉，金碧的夕晖在大片山坡上徘徊顾却，不知该留下来依属山，还是追上去殉落日。

和黄昏一起，我到了这里。

它在那里绿着

小径的尽头，在芒草的缺口处，可以俯瞰大汉溪。

溪极绿。

暮色渐渐深了，奇怪的是溪水的绿色顽强地裂开暮色，坚持维护着自己的色调。

天全黑了，我惊讶地发现那道绿，仍旧虎虎有力地在流，在黑暗里我闭了眼都能看得见。

或见或不见，我知道它在那里绿着。

赏梅，于梅花未着时

庭中有梅，大约一百株。

“花期还有三四十天。”山庄里的人这样告诉我，虽然已是已凉未寒的天气。

梅叶已凋尽，梅花尚未剪裁，我只能伫立细赏梅树清奇磊落的骨骼。

梅骨是极深的土褐色，和岩石同色。更像岩石的是，梅骨上也布满苍苔的斑点，它甚至有岩石的粗糙风霜、岩石的裂痕、岩石的苍老嶙峋。梅的枝枝柯柯交抱成一把，竟是抽成线状的岩石。

不可想象的是，这样寂然不动的岩石里，怎能迸出花来呢?

为何那枯瘠的皴枝中竟锁有那样多莹光四射的花瓣？以及那么多日后绿得透明的小叶子，它们此刻都在哪里？为什么独有怀孕的花树如此清癯苍古？那万千花胎怎会藏得如此秘密？

我几乎想剖开枝子掘开地，看看那来日要在月下浮动的暗香在哪里，看看来日可以欺霜傲雪的洁白在哪里。它们必然正在斋戒沐浴，等候神圣的召唤，在某一个北风凄紧的夜里，它们会忽然一起白给天下看。

隔着千里，王维能回首看见故乡绮窗下记忆中的那株寒梅。隔着三四十天的花期，我在枯皴的树臂中预见想象中的璀璨。

于无声处听惊雷，于无色处见繁花，原来并不是不可以的！

神秘经验

深夜醒来我独自走到庭中。

四下是彻底的黑，衬得满天星子水清清的。

好久没有领略黑色的美了。想起托尔斯泰笔下的安娜·卡列尼娜，在舞会里，别的女孩以为她要穿紫罗兰色的衣服，但她竟穿了一件墨黑的，项间一圈晶莹剔亮的钻石，风华绝代。

文明把黑夜弄脏了，黑色是一种极娇贵的颜色，比白色更沾不得异物。

黑夜里，繁星下，大树兀然矗立，看起来比白天更高大。

日据时代留下的那所老屋，一片瓦叠一片瓦，说不尽的沧桑。

忽然，我感到自己被桂香包围了。

一定有一棵桂树，我看不见，可是，当然，它是在那里的。桂树是一种在白天都不容易看见的树，何况在黑如松烟的夜里。如果一定要找，用鼻子应该找得到。但，何必呢？找到桂树并不重要，能站在桂花浓馥古典的香味里，听那气息在噫吐什么，才是重要的。

我在庭园里绕了几圈，又毫无错误地回到桂花的疆界里，直到我的整个肺纳甜馥起来。

有如一个信徒和神明之间的神秘经验，那夜的桂花对我而言，也是一场神秘经验。有一种花，你没有看见，却笃信它存在；有一种声音，你没有听见，却自知你了解。

当我去即山

我去即山，搭第一班早车。车只到巴陵（好个令人心惊的地名），要去拉拉山——神木的居所，还要走四个小时。

《可兰经》里说：“山不来即穆罕默德——穆罕默德就去即山。”

可是，当我前去即山，当班车像一只无桨无楫的舟一路荡过绿波碧涛，我一方面感到作为一个人或一头动物的喜悦，可以去攀缘绝峰，可以去横渡大漠，可以去莺飞草长或穷山恶水的任何地方；但一方面也惊骇地发现，山，也来即我了。

我去即山，越过的是空间，平的空间，以及直的空间。

但山来即我，越过的是时间，从太初，它缓慢地走来，一场十万年或百万年的约会。

当我去即山，山早已来即我，我们终于相遇。

张爱玲谈到爱情，这样说：

“于千万人之中遇见你所遇见的人，于千万年之中，时间的无涯的荒野里，没有早一步，也没有晚一步，刚巧赶上了，也没有别的话可说，唯有轻轻地问一声：‘噢，你也在这里吗？’”

人类和山的恋爱也是如此，相遇在无限的时间，交会于无限的空间，一个小小的恋情缔结在那交叉点上，又如一个小小鸟巢，偶筑在纵横交错的枝柯间。

地名

地名、人名、书名，和一切文人雅居虽铭刻于金石，事实上却根本不存在的楼斋亭阁都令我愕然久之。（那些图章上的地名，既不能说它是真的，也不能说它是假的，只能说，它构思在方寸之间的心中，营筑在分寸之内的玉石。）

人们的命名恒是如此慎重庄严。

通往巴陵的路上，无边的烟缭雾绕中猛然跳出一个路牌让我惊讶，那名字是：

雪雾闹。

我站起来，不相信似的张望了又张望，车上有人在睡，有人在发呆，没有人理会那名字，只有我暗自吃惊。唉，住在山里的人是已经养成对美的抵抗力了，像刘禹锡的诗“司空见惯浑闲事，断尽苏州刺史肠”。而我亦是脆弱的，一点点美，已经让我承受不起了，何况这种意外蹦出来的，突发的美好。何竟在山叠山、水错水的高绝之处，有一个这样的名字。是一句沉实紧密的诗啊，那名字。

名字如果好得很正常，倒也罢了，例如“云霞坪”，已经好得很够分量了，但“雪雾闹”好得过分，让我张皇失措，几乎失态。

“红杏枝头春意闹”，但那种闹只是闺中乖女孩偶然的冶艳。而雪雾纠缠，那里面就有了天玄地黄的大气魄，是乾坤的判然分明的对立，也是乾坤的浑然一体的含同。

像把一句密加圈点的诗句留在诗册里，我把那名字留在山巅水涯，继续前行。

谢谢阿姨

车过高义，许多背着书包的小孩下了车。高义小学在那上面。

在台湾，无论走到多高的山上，你总会看见一所小学，灰水泥的墙，红字，有一种简单的不喧不嚣的美。

小孩下车时，也不知是不是校长吩咐的，每一个都毕恭毕敬地对司机和车掌大声地说：“谢谢阿姨！”“谢谢伯伯！”

在这种车上服务真幸辐。

愿那些小孩永远不知道付了钱就叫“顾客”，愿他们永远不知道“顾客永远是对的”的片面道德。

是清早的第一班车，是晨雾未晞的通往教室的小径，是刚刚开始背书包的孩子，一声“谢谢”，太阳蔼然地升起来。

山水的巨帙

峰回路转，时而是左眼读水，右眼阅山；时而是左眼披览一页页的山，时而是右眼圈点一行行的水——山水的巨帙是如此观之不尽。

作为高山路线上的一个车掌必然很怡悦吧？早晨，看东山的影子如何去覆罩西山；黄昏的收班车则看回过头来的影子从西山覆罩东山。山径只是无限的整体大片上的一条细线，车子则是千回百折的线上的一个小点。但其间亦自是一段小小的人生，也充满大千世界的种种观照。

不管车往哪里走，奇怪的是梯田的阶层总能跟上来，真是不可思议，他们硬是把峰壑当平地来耕作。

我想送梯田一个名字——层层香，说得更清楚点，是层层稻香，层层汗水的芬芳。

巴陵是公路局车站的终点。

像一切的大巴士的山线终站，那其间有着说不出来的小小繁华和小小的寂寞—— 一间客栈，一个山庄，一家兼卖肉丝面和猪头肉的票亭，几家山产店，几家人家，一片有意无意的小花圃。车来时，扬起一阵沙尘，然后沉寂。

公车的终点站是计程车起点，要往巴陵还有三小时的脚程，我订了一辆车，司机是胡先生，泰雅尔人，有问必答。车子如果不遇山崩，可以走到比巴陵更深的深山。

山里计程车其实是不计程的，连计程表也省得装了。开山路，车子耗损大，通常是一个人或好些人合包一辆车。价钱当然比计程贵，但坐车当然比坐滑竿、坐轿子人道多了，我喜欢看见别人和我平起平坐。

我坐在前座，和司机一起，文明社会的礼节到这里是不必讲求了，我选择前座是因为它既便于谈话，又便于看山看水。

车虽是我一人包的，但一路上他老是停下来载人，一会儿是从小路上冲来的小孩——那是他家老五，一会儿又搭乘一位做活的女工，有时他又热心地大叫：

“喂，我来帮你带菜！”

许多人上车又下车，许多东西搬上又搬下，看他连问都不问我一声就理直气壮地载人载货，我觉得很高兴。

“这是我家！”他说着，跳下车，大声跟他太太说话。

天！漂亮的西式平房。

他告诉我那里是他正在兴盖的旅舍，他告诉我他们的土地值三万元一坪，他告诉我山坡上哪一片是水蜜桃，哪一片是苹果……

“要是你四月来，苹果花开，哼！……”

这人说话老是让我想起现代诗。

“我们山地人不喝开水的——山里的水拿起来就喝！”

“喏，这种草叫‘嗯桑’，我们从前吃了生肉要是肚子痛就吃它。”

“停车，停车。”这一次是我自己叫停的，我仔细端详了那种草，锯齿边的尖叶，满山遍野都是，从一尺高到一人高，顶端开着隐藏的小黄花，闻起来极清香。

我摘了一把，并且撕一片像中指大小的叶子开始咀嚼，老天！真苦得要死，但我狠下心至少也得吃下那一片，我总共花了三个半小时，才吃完那一片叶子。

“那是芙蓉花吗？”

我种过一种芙蓉花，初绽时是白的，开着开着就变成了粉的，最后变成凄艳的红。

我觉得路旁那些应该是野生的山芙蓉。

“山里花那么多，谁晓得？”

车子在凹凹凸凸的路上，往前蹦着。我不讨厌这种路——因为太讨厌被平直光滑的大道一路输送到风景站的无聊。

当年孔丘乘车，遇人就“凭车而轼”，我一路行去，也无限欢欣地向所有的花、所有的蝶、所有的鸟，以及不知名的蔓生在地上的浆果而行“车上致敬礼”。

“到这里为止，车子开不过去了。”司机说，“下午我来接你。”

山水的圣谕

我终于独自一人了。

独自一人来面领山水的圣谕：

一片大地能昂起几座山？一座山能涌出多少树？一棵树上能

秘藏多少鸟？一声鸟鸣能婉转倾泻多少天机？

鸟声真是一种奇怪的音乐——鸟愈叫，山愈幽深寂静。

流云匆匆从树隙穿过——云是山的使者吧——我竟是闲于闲云的一个。

“喂！”我坐在树下，叫住云，学当年孔子，叫趋庭而过的鲤，并且愉快地问它，“你学了诗没有？”

并不渴，在十一月山间的新凉中，但每看到山泉我仍然忍不住停下来喝一口。雨后初晴的早晨，山中轟轟然全是水声，插手入寒泉，只觉自己也是一片冰心在玉壶。而人世在哪里？当我一插手之际，红尘中几人生了？几人死了？几人灰情灭欲大彻大悟了？

剪水为衣，抟山为钵，山水的衣钵可授之何人？叩山为钟鸣，抚水成琴弦，山水的清音谁是知者？山是千绕百折的璇玑图，水是逆流而读或顺流而读都美丽的回文诗，山水的诗情谁来管？

视脚下的深涧，浪花翻涌，一直，我以为浪是水的一种偶然，一种偶然搅起的激情。但行到此处，我忽竟发现不然，应该说水是浪的一种偶然，平流的水是浪花偶尔憩息时的宁静。

同样是岛，同样有山，不知为什么，香港的山里就没有这份云来雾往、朝烟夕岚以及千层山万重水的故乡韵味。香港没有极高的山，极巨的神木。香港的景也不能说不好，只是一览无遗，坦然得令人不习惯。

对一个华人而言，烟岚是山的呼吸，而拉拉山，此刻正在徐舒地深呼吸。

在

小的时候老师点名，我们一一举手说：

“在！”

当我来到拉拉山，山在。

当我访水，水在。

还有，万物皆在，还有，岁月也在。

转过一个弯，神木便在那里，在海拔一千八百米的地方，在拉拉山与塔曼山之间，以它五十四米的身高，面对不满一米六三的我。

它在，我在，我们彼此对望着。

想起刚才在路上我曾问司机：

“都说神木是一个教授发现的，他没有发现以前你们知道不知道？”

“哈，我们早就知道啦，从做小孩子时就知道，大家都知道的嘛！它早就在那里了！”

被发现，或不被发现；被命名，或不被命名；被一个泰雅尔族的山地小孩知道，或被森林系的教授知道，它反正在那里。

心情又激动又平静，激动，因为它超乎想象的巨大庄严；平静，是因为觉得它理该如此，它理该如此妥帖地拔地擎天。它理该如此是一座倒生的翡翠矿，需要用仰角去挖掘。

路旁钉着几张原木椅子，长满了苔藓，野蕨从木板裂开的瘢目间冒生出来，是谁坐在这张椅子上把它坐出一片苔痕？是那叫作“时间”的过客吗？

再往前，是更高的一株神木。

再走，仍有神木，再走，还有。这里是神木家族的聚居之处。

十一点了，秋山在此刻竟也是阳光炙人的，我躺在神木下面，想起唐人的传奇，虬髯客不带一丝邪念卧看红拂女梳垂地的长发，那景象真华丽。我此刻也卧看大树在风中梳着那满头青丝，所不同的是，我也有华首绿鬓，跟巨木相向苍翠。

人行到神木下面，忽然有些悲怆。这是胸腔最阔大的一棵，直立在空无凭依的小山坡上，似乎被雷击过，有些地方劈剖开来，老干枯败苍古，分叉部分却活着。

怎么会有一棵树同时包括死之深沉和生之愉悦！

我是到山里来看神木的。

坐在树根上，惊看枕月衾云的众枝柯，忽然，一滴水，棒喝似的打到头上。那枝柯间也有汉武帝所喜欢的承露盘吗？

真的，我问自己，为什么要来看神木呢？对生计而言，神木当然不及番石榴树，而番石榴，又不及稻子麦子。

我们要稻子，要麦子，要番石榴，可是，令我们惊讶的是我们的确也想要一棵或很多棵神木。

我们要一个形象来把我们自己画给自己看，我们需要一则神话来把我们自己说给自己听：千年不移的真挚深情，阅尽风霜的泰然庄矜，接受一个伤痕便另拓一片苍翠的无限生机，人不知而不愠的怡然自足。

树在。山在。大地在。岁月在。我在。你还要怎样更好的世界？

适者

听惯了“物竞天择，适者生存”，使人不觉被绷紧了，仿佛自己正介于适者与不适者之间，又好像适于生存者的名单即将宣布了，我们连自己生存下去的权利都开始怀疑起来了。

但在山中，每一种生物都尊严地活着。巨大悠久如神木，神奇尊贵如灵芝，微小如阴暗岩石上恰似芝麻点大的菌子，美如凤尾蝶，丑如小蜥蜴，古怪如金狗毛，卑弱如匍匐结根的蔓草，以及种种不知名的万类万品，生命是如此仁慈公平。

甚至连没有生命的，也和谐地存在着。土有土的高贵，石有石的尊严，倒地而死无人凭吊的树尸也纵容菌子、蕨草。藓苔和木耳爬得它一身，你不由觉得那树尸竟也是另一种大地，它因容纳异己而在那些小东西身上又青青翠翠地再活了起来。

生命是有充分的余裕的。

在山中，每一种存在的都是适者。

忽然，我听到人声，胡先生来接我了。

“就在那上面，”他指着头上的岩突叫着，“我爸爸打过三只熊！”

我有点生气，怎么不早讲？他大概怕吓着我，其实，我如果事先知道自己走的是一条大黑熊出没的路，一定要兴奋十倍。可惜了！

“熊肉好不好吃？”

“不好吃，太肥了。”他顺手摘了一把野草，又顺手扔了，他对逝去的岁月并不留恋，他真正挂心的是他的车、他的孩子、他计划中的旅馆。

山风跟我说了一天，野水跟我聊了一天，我累了。回来时在公路局车上安分地凭窗俯瞰极深极深的山涧，心里盘算着要到何方借一支长瓢，也许长如杓子星座的长瓢，并且舀起一瓢清清冽冽的泉水。

有人在山跟山之间扯起吊索吊竹子，我有点喜欢做那竹子。

回到复兴，复兴在四山之间，四山在金云的合抱中。

水程

清晨，我沿复兴山庄旁边的小路往吊桥走去。

吊桥悬在两山之间，不着天，不巴地，不连水——吊桥真美。走吊桥时我简直有一种走索人的快乐，山色在眼，风声在耳，而一身系命于天地间游丝一般的铁索间。

多么好。

我下了吊桥，走向渡头，舟子未来，一个农妇在田间浇豌豆，豌豆花是淡紫的，细致美丽。

打谷机的声音不知从何处传来，我感动着，那是一种现代的舂米之歌。

我要等一条船沿水路带我经阿姆坪到石门，我坐在石头上等着。

乌鸦在山岩上直嘎嘎地叫着。记得有一年在香港碰到王星磊导演的助手，他没头没脑地问我：

“台湾有没有乌鸦？”

他们后来到印度去弄了乌鸦。

我没有想到在山里竟有那么多乌鸦，乌鸦的声音平直低哑，丝毫不婉转流利，它只会简单直接地叫一声：

“嘎——”

但细细品味，倒也有一番直抒胸臆的悲痛，好像要说的太多，仓皇到极点反而只剩一声长噫了！

乌鸦的羽翅纯黑硕大，华贵耀眼。

船来了，但乘客只我一人，船夫定定地坐在船头等人。

我坐在船尾，负责邀和风，邀丽日，邀偶过的一片云影，以及夹岸的绿烟。

没有别人来，那船夫仍坐着。两个小时过去了。

我觉得我邀到的客人已够多了，满船都是，就付足了大伙儿的船资，促他开船，他终于答应了。

山从四面叠过来，一重一重的，简直是绿色的花瓣——不是单瓣的那一种，而是重瓣的那一种——人行水中，忽然就有了花蕊的感觉，那种柔和的、生长着的花蕊，你感到自己的尊严和芬芳，你竟觉得自己就是张横渠所说的可以“为天地立心”的那个人。

不是天地需要我们去为之立心，而是由于天地的仁慈，他俯身将我们抱起，而且刚刚好放在心坎儿的那个位置上。山水是花，天地是更大的花，我们遂挺然成花蕊。

回首群山，好一块沉实的纸镇，我们会珍惜的，我们会在这纸张上写下属于我们的历史。

后记：

一、常常，我仍想起那座山。

二、冬天，我再去山庄，狠狠地看了一天的梅花。

三、夏天，在一次离台旅行之前，我又去了一次拉拉山，吃了些水蜜桃，以及山壁上倾下来的不花钱的红草莓。夏天比秋天好的是绿苔下长满十字形的小紫花，但夏天游人多些，算来秋天比夏天多了整整一座空山。

林木篇

行道树

每天，每天，我都看见他们，他们是已经生了根的——在一片不适于生根的土地上。

有一天，一个炎热而忧郁的下午，我沿着人行道走着，在穿梭的人群中，听自己寂寞的足音。忽然，我又看到他们，忽然，我发现，在树的世界里，也有那样完整的语言。

我安静地站住，试着去了解他们所说的一则故事：

我们是一列树，立在城市的飞尘里。

许多朋友都说我们是不该站在这里的，其实这一点，我们知道得比谁都清楚。我们的家在山上，在不见天日的原始森林里。而我们居然站在这儿，站在这双线道的马路边，这无疑是一种堕落。我们的同伴都在吸露，都在玩凉凉的云。而我们呢？我们唯一的装饰，正如你所见的，是一身抖不落的煤烟。

是的，我们的命运被安排定了，在这个充满车辆与烟囱的工业城里，我们的存在只是一种悲凉的点缀。但你们尽可以节省下你们的同情心，因为，这种命运事实上也是我们自己选择的——否则我们不必在春天勤生绿叶，不必在夏日献出浓荫。神圣的事业总是痛苦的，但是，也唯有这种痛苦能把深度给予我们。

当夜来的时候，整个城市里都是繁弦急管，都是红灯绿酒。而我们在寂静里，我们在黑暗里，我们在不被了解的孤独里。但我们苦熬着把牙龈咬得酸疼，直等到朝霞的旗冉冉升起，我们就站成一列致敬——无论如何，我们这城市总得有一些人迎接太阳！如果别人都不迎接，我们就负责把光明迎来。

这时，或许有一个早起的孩子走了过来，贪婪地呼吸着鲜洁的空气，这就是我们最自豪的时刻了。是的，或许所有的人都早已习惯于污浊了，但我们仍然固执地制造着不被珍惜的清新。

落雨的时分也许是我们最快乐的，雨水为我们带来故人的消息，在想象中又将我们带回那无忧的故林。我们就在雨里哭泣着，我们一直深爱着那里的生活——虽然我们放弃了它。

立在城市的飞尘里，我们是一列忧愁而又快乐的树。

故事说完了，四下寂然。一则既没有情节也没有穿插的故事，可是，我听到他们深深的叹息。我知道，那故事至少感动了他们自己。然后，我又听到另一声更深的叹息——我知道，那是我自己的。

枫

秋天，茜从日本来信说："能想象吗？满山满谷都是红叶，都是鲜丽欲燃的红叶。"

放下信，我摹想着，那是怎样的一座山呢？远看起来像一块剔透的鸡血石呢，还是像一抹醉眠的晚霞呢？

从来没有偏爱过红色，只是在清清冷冷的落叶季里，心中不免渴切地向往那一片有着热度的红。当满山红叶诗意地悬挂着，是多少美丽的忧愁啊！

那种脆薄的、锯齿形的叶子也许并不是最漂亮的，但那憔悴中仍然殷红的脉络总使我想起殉道者的血，在苍凉的世纪里独自红着。

有一天，当我不得不离开我曾经热爱的世界，我愿有一双手，为我栽两株枫树。春天来时，青绿的叶影里仍然蕴藏着使我痴迷过的诗意。秋天，在霜滑的晚上，干干的红色堆积得很厚。像是故人亲切的问候，从群山之外捎来的。那时，我必定是很欣慰的。

我愿意如那一树枫叶，在晨风中舒开我纯洁的浅碧，在夕照中燃烧我殷切的灿红。

白千层

在匆忙的校园里走着，忽然，我的脚步停了下来。

“白千层”，那个小木牌上这样写着。小木牌后面是一株很粗壮、很高大的树。它奇异的名字吸引着我，使我感动不已。

它必定已经生长很多年了，那种漠然的神色、孤高的气象，竟有些像白发斑皤的哲人了。

它有一种很特殊的树干，绵软的、细韧的，一层比一层更洁白动人。

必定有许多坏孩子已经剥过它的杆子了，那些伤痕很清楚地挂着。只是整个树干仍然挺立得笔直，在表皮被撕裂的地方显出第二层的白色，恍惚在向人说明一种深奥的意义。

一千层白色，一千层纯洁的心迹，这是一种怎样的哲学啊！冷酷的摧残从没有给它带来什么，所有的，只是让世人看到更深一层的坦诚罢了。

在我们人类的森林里，是否也有这样一株树呢？

相思树

很小的时候就开始喜欢那一片细细碎碎的浓绿。每次坐在树下望天，那些刀形的小叶忽然在微风里活跃起来。像一些熙熙攘攘的船，航在青天的大海里，不用桨也不用楫，只是那样无所谓地漂浮着。

有时走到密密的相思林里，太阳的光层细细地筛了下来，在看不见的枝丫间，有一只淘气的鸟儿在叫着。那时候就只想找一段粗粗的树根为枕，静静地借草而眠，并且猜测醒来的时候，阳光会堆积得多厚。

有一次，一位从乡间来的朋友提起相思树，他说：

“那是一种很致密的木材，烧过以后是最好的木炭呢，叫作相思炭。”

我望着他，因激动而沉默了。相思炭！怎样美好的名字，“化作焦炭也相思”，一种怎样的诗情啊。

以后，每次看见那细细密密的叶子，心里不知怎么总是深深地感动着。

每一棵树都是一个奇迹，不是吗？

梧桐

其实，真正高大古老的梧桐木，我是没有见过的。

也许由于没有见过，它的身影在我心中便显得愈发高大了。有时，打开窗子，面对满山蓊郁的林木，我的眼睛便开始在那片翠绿中寻找一株完全不同的梧桐，可是，它不在那里。想象中，它应该生长在冷冷的山阴里，孤独地望着蓝天，并且试着用枝子去摩挲过往的白云。

在离它不远的地方有山泉的细响，泠泠如一曲琴音。渐渐地，那些琴音嵌在它的年轮里，使得桐木成为最完美的音乐木材。

我没有听过梧桐所制的古琴，事实上我们的时代也无法再出现一双操琴的手了。但想象中，那种空灵而缥缈的琴韵仍然从不可知的方向来了，并且在我梦的幽谷里低回着。

我又总是想着庄子所引以自喻的凤鸟鹓鸰，“夫鹓鸰，发于南海而飞于北海。非梧桐不止，非练实不食，非醴泉不饮”。

一想到那金羽的凤鸟，栖息在那高大的梧桐树上，我就无法不兴奋。当然，我也没有见过鹓鸰，但我却深深地爱着它，爱它那种非梧桐不止的高洁，那种不苟于乱世的逸风。

然而，何处是我可以栖止的梧桐呢?

它必定存在着，我想——虽然我至今还没有寻到它，但每当我的眼睛在窗外重重叠叠的峦嶂里搜索的时候，我就十分确切地相信，它必定正隐藏在某个湿冷的山阴里。在孤单的岁月中，在渴切的等待中，聆听着泉水的弦柱。

柳

所有的树都是用“点”画成的，只有柳，是用“线”画成的。

别的树总有花，或者果实，只有柳，茫然地散出些没有用处的白絮。

别的树是密码紧排的电文，只有柳，是疏落的结绳记事。

别的树适于插花或装饰，只有柳，适于霸陵的折柳送别。

柳差不多已经落伍了，柳差不多已经老朽了，柳什么实用价值都没有——除了美。柳树不是匠人的树，它是诗人的树、情人的树。柳是愈来愈少了，我每次看到一棵柳都会神经紧张地屏息凝视——我怕我有一天会忘记柳，我怕我有一天读到白居易的“何处未春先有思，柳条无力魏王堤”，或是韦庄的“晴烟漠漠柳毵毵”，竟必须去翻字典。

柳树从来不能造成森林，它注定是堤岸上的植物，而有些事，翻字典也是没用的，怎样的注释才能使我们了解苏堤的柳，在江南的二月天梳理着春风；隋堤的柳怎样茂美如堆烟砌玉的重重帘幕。

柳丝条子惯于伸入水中，去纠缠水中安静的云影和月光。它常常巧妙地逮着一枚完整的水月，手法比李白要高妙多了。

春柳的柔条上暗藏着无数叫作“青眼”的叶蕾，那些眼随兴一张，便喷出几脉绿叶，不几天，所有谷粒般的青眼都拆开了。有人怀疑彩虹的根脚下有宝石，我却总怀疑柳树根下有翡翠——不然，叫柳树去哪里吸收那么多纯净的碧绿呢？

木棉花

所有开花的树看来都该是女性的，只有木棉花是男性的。

木棉树又干又皱，不知为什么，它竟结出那么雪白柔软的木棉，并且用一种不可思议的优美风度，缓缓地自枝头飘落。

木棉花大得骇人，是一种耀眼的橘红色，开的时候连一片叶子的衬托都不要，像一碗红曲酒，斟在粗陶碗里，火烈烈的，有一种不讲理的架势，却很美。

树枝也许是干得很了，根根都麻皱着，像一只曲张的手——肱是干的、臂是干的，连手肘、手腕、手指头和手指甲都是干的——向天空讨求着什么，撕抓些什么。而干到极点时，树枝爆开了，木棉花几乎就像是从干裂的伤口里吐出来的火焰。

木棉花常常长得极高，那年在广州初见木棉树，不知是不是因为自己年纪特别小，总觉得那是全世界最高的一种树了，广东人叫它英雄树。初夏的公园里，我们疲于奔命地去接拾那些新落的木棉，也许几丈高的树对我们是太高了些，竟觉得每团木棉都是晴空上折翼的云。

木棉落后，木棉树的叶子便逐日浓密起来。木棉树终于变得平凡了，大家也都安下一颗心，至少在明春以前，在绿叶的掩覆下，它不会再暴露那种让人焦灼的奇异的美了。

流苏与诗经

三月里的一个早晨，我到台大去听演讲，讲的是“词与画”。

听完演讲，我穿过满屋子的“权威”，匆匆走出，惊讶于十一点的阳光柔美得那样无缺无憾——但也许完美也是一种缺憾，竟至让人忧愁起来。

而方才幻灯片上的山水忽然之间都遥远了，那些绢，那些画纸的颜色都暗淡如一盒久置的香。只有眼前的景致那样真切地逼来，直把我逼到一棵开满小白花的树前，一个植物系的女孩子走过，对我说："这花，叫流苏。"

那花极纤细，连香气也是纤细的，风一过，地上就添了一层纤纤细细的白，但不知怎的，树上的花却也不见少。对一切单薄柔弱的美我都心疼着。总担心他们在下一秒就不存在了，匆忙的校园里，谁肯为那些粉簌簌的小花驻足呢？

不太喜欢"流苏"这个名字，听来仿佛那些花都是垂挂着的，其实那些花全都向上开着，每一朵都开成轻扬上举的十字形——我喜欢十字花科的花，那样简单地交叉的四个瓣，每一瓣之间都是最规矩的九十度，有一种诚恳的美——像一部四言的《诗经》。

如果要我给那棵花树取一个名字，我就要叫它"诗经"，它有一树美丽的四言。

栀子花

有一天中午，坐在公路局的车上，忽然听到假警报，车子立刻掉转方向，往一条不知名的路上疏散去了。

一刹那，仿佛真有一种战争的幻影在蓝得离奇的天空下涌现——当然，大家都确知自己是安全的，因而也就更有心情幻想自己的灾难之旅。

由于是春天，好像不知不觉间就有一种流浪的意味。季节正如大多数的文学家一样，第一季照例总是华美的浪漫主义，这突起的防空演习简直有点郊游趣味，不经任何人同意就自作主张而安排下的一次郊游。

车子走到一个奇异的角落，忽然停了下来，大家下了车，没有野餐的纸盒，大家只好咀嚼山水。天光仍蓝着，蓝得每一种东西都分外透明起来。车停处有一家低檐的人家，在篱边种了好几棵复瓣的栀子花，那种柔和的白色是大桶的牛奶里勾上那么一点子蜜。在阳光的烤炙中凿出一条香味的河。

如果花香也有颜色，玫瑰花香所掘成的河川该是红色的，栀子花的花香所掘的河川该是白色的，但白色有时候比红色更强烈、更震人。

也许由于这世界上有单瓣的栀子花，复瓣的栀子花就显得比一般的复瓣花更复瓣。像是许多叠的浪花，扑在一起，纠住了，扯不开，结成一攒花——这就是栀子花的神话吧！

假的解除警报不久就拉响了，大家都上了车，车子循着该走的正路把各人送入该过的正常生活中去了。而那一树栀子花复瓣的白和复瓣的香都留在不知名的篱落间，径自白着香着。

花拆

花蕾是蛹，是一种未经展示未经破茧的浓缩的美。花蕾是正月的灯谜，未猜中前可以有一千个谜底。花蕾是胎儿，似乎混沌无知，却有时喜欢用强烈的胎动来证实自己。

花的美在于它的无中生有，在于它的穷通变化。有时，一夜之间，花拆了；有时，半个上午，花胖了。花的美不全在色、香，在于那份不可思议。我喜欢郑重其事地坐着看昙花开放，其实昙花并不是太好看的一种花，它的美在于它的仙人掌的身世所给人的沙漠联想，以及它猝然而逝所带给人的悼念。但昙花的拆放却是一种扎实的美，像一则爱情故事，美在过程，而不在结局。有一种月黄色的大昙花，叫“一夜皇后”的，每颤开一分，便震出噗然一声，像绣花绷子拉紧后绣针刺入的声音，所有细致的蕊丝，登时也就跟着一震，那景象常令人不敢久视——看久了不由得要相信花精花魄的说法。

我常在花开满前离去，花拆一停止，死亡就开始。

有一天，当我年老，无法看花拆，则我愿以一堆小小的春桑枕为收报机，听百草千花所打的电讯，知道每一夜花拆的音乐。

春之针缕

春天的衫子有许多美丽的花为锦绣，有许多奇异的香气为熏炉，但真正缝纫春天的，仍是那一针一缕最质朴的棉线——

初生的禾田，经冬的麦子，无处不生的草，无时不吹的风，风中偶起的鹭鸶，鹭鸶足下恣意黄着的菜花，菜花丛中扑朔迷离的黄蝶……跟人一样，有的花是有名的、有价的、有谱可查的，但有的没有，那些没有品质的花却纺织了真正的春天。赏春的人常去看盛名的花，真正的行家却宁可细察春衫的针缕。

酢浆草常是以一种倾销的姿态推出那些小小的紫晶酒盅，但从来不粗制滥造。有一种菲薄的小黄花凛然地开着，到晚春时也加入抛散白絮的行列，很负责地制造暮春时节该有的凄迷。还有一种叫小草莓的花，白得几乎像梨花——让人不由得心里矛盾起来，因为不知道该祈祷留它为一朵小白花，或化它为一盏红草莓。小草莓包括多少神迹啊。如何棕黑色的泥土竟长出灰褐色的枝子，如何灰褐色的枝子会溢出深绿色的叶子，如何深绿色的叶间会沁出珠白的花朵，又如何珠白的花朵已锤炼为一块碧涩的祖母绿，而那颗祖母绿又如何终于兑换成浑圆甜蜜的红宝石。

春天拥有许多不知名的树、不知名的花草，春天在不知名的针缕中完成无以名之的美丽。

雨荷

有一次，雨中走过荷池，一塘的绿云绵延，独有一朵半开的红莲挺然其间。

我一时为之惊愕驻足，那样似开不开，欲语不语，将红未红，待香未香的一株红莲！

漫天的雨纷然而又漠然，广不可及的灰色中竟有这样一株红莲！像一堆即将燃起的火，像一罐立刻要倾泼的颜色！我立在池畔，虽不欲捞月，也几成失足。

生命不也如一场雨吗？你曾无知地在其间雀跃，你曾痴迷地在其间沉吟——但更多的时候，你得忍受那些寒冷和潮湿，那些无奈与寂寥，并且以晴日的幻想来度日。

可是，看那株莲花，在雨中怎样地唯我而又忘我，当没有阳光的时候，它自己便是阳光；当没有欢乐的时候，它自己便是欢乐！一株莲花里有多么完美自足的世界！

一池的绿，一池无声的歌，在乡间不惹眼的路边——岂只有哲学书中才有真理？岂只有研究院中才有答案？一笔简单的雨荷可绘出多少形象之外的美善，一片亭亭青叶支撑了多少世纪的傲骨！

倘有荷在池，倘有荷在心，则长长的雨季何患？

秋声赋

一夜，在灯下预备第二天要教的课，才念两行，便觉哽咽。

那是欧阳修的《秋声赋》，许多年前，在中学时，我曾狂热地耽于那些旧书，我曾偷偷地背诵它！

可笑的是少年无知，何曾了解秋声之悲，一心只想学几个漂亮的句子，拿到作文簿上去自炫！

但今夜，雨声从四窗来叩，小楼上一片零落的秋意，灯光如雨，愁亦如雨，纷纷落在《秋声赋》上，文字间便幻起重重波涛，掩盖了那一片熟悉的文字。

每年十一月，我总要去买一本*Idea*杂志（日本平面设计杂志），不为那些诗，只为异国那份辉煌而又黯然的秋光。那荒漠的原野，那大片宜于煮酒的红叶，令人恍然有隔世之想。可叹的是故国的秋色犹能在同纬度的新大陆去辨认，但秋声呢？何处有此悲声寄售？

闻秋声之悲与不闻秋声之悲，其悲各何如？

明朝，穿过校园中发亮的雨径，去面对满堂稚气的大一新生的眼睛，《秋声赋》又当如何解释？

秋灯渐暗，雨声不绝，终夜吟哦着不堪一听的浓愁。

青楼集

在傅斯年图书馆当窗而坐，远近的丝雨成阵。

桌上放着一本被蠹鱼食余的《青楼集》，焦黄破碎的扉页里，我低首去辨认元朝的、焦黄破碎的往事。

一壁抄着，忍不住的思古情怀便如江中兼天而涌的浪头，忽焉而至。那些柔弱的名字里有多少辛酸的命运：朱帘秀、汪怜怜、翠娥秀、李娇儿……一时之间，元人的弦索、元人的箫管，便盈耳而至。音乐中浮起的是那些苍白的，架在锦绣之上，聪明得悲哀的脸。

当别的女孩在软褥上安静地坐着，用五彩的丝线织梦，为什么独有一班女孩在众人的奚落里唱着人间的悲欢离合？而如果命运要她们成为被遗弃的，却为什么要让她们有那样的冰雪聪明去承受那种残忍？

“大都”，辉煌的元帝国，光荣的朝代，何竟有那些黯然的脸在无言中沉浮？当然，天涯沦落的何止是她们，为人作色的何止是她们。但八百年后在南港，一个秋雨如泣的日子，独有她们的身世这样沉重地压在我的资料卡上，那古老而又现代的哀愁。

雨在眼，雨在耳，雨在若有若无的千山。南港的黄昏，在满楼的古书中无限凄清！萧条异代，谁解此恨！相去几近千年，她们的忧伤和屈辱却仍然如此强烈地震撼着我。

雨仍落，似乎已这样无奈地落了许多世纪。山渐消沉，树渐消沉，书渐消沉，只有蠹鱼的蛀痕顽强地咬透八百年的酸辛。

问名

万物之有名，恐怕是由于人类可爱的霸道。

《创世记》里说，亚当自悠悠的泥骨土髓中乍醒过来，他的第一件“工作”竟是为万物取名。想起来都要战栗，分明上帝造了万物，而一个一个取名字的竟是亚当，那简直是参天地之化育。抬头一指，从此有个东西叫青天；低头一看，从此有个东西叫大地；一回首，夺神照眼的那东西叫树；一倾耳，树上嘤嘤千啭的那东西叫鸟……

而日升月沉，许多年后，在中国，开始出现一个叫仲尼的人，他固执地要求“正名”，他几乎有点迂，但他似乎预知，“自

由”跟“放纵”，“爱情”和“色欲”，“人权”和“暴力”是如何相似又相反的东西，他坚持一切的祸乱源自“名实不副”。

我不是亚当，没有资格为万物进行其惊心动魄的命名大典；也不是仲尼，对于世人的“鱼目混珠”唯有深叹。

不是命名者，不是正名者，只是一个问名者。命名者是伟大的开创家，正名者是忧世的挽澜人，而问名者只是一个与万物深深契情的人。

也许有几分痴，特别是在旅行的时候，我老是烦人地问：

“那是什么？”

别人答不上来，我就去问第二个，偏偏这世界就有那么多懵懂的人，你问他天天来他家草坪啄食的红胸绿背的鸟叫什么，他居然不知道；你问他那条河叫什么河，他也好意思抵赖说那条河没名字；你问他那些把他家门口开得一片闹霞似的花树究竟是桃是李，他不负责任地说不清楚。

不过，我也不气，万物的名氏又岂是人人可得而知的。别人答不上来，我的心里固然焦灼，但却更觉得这番“问名”是如此慎重虔诚，慎重得像古代婚姻中的“问名”大礼。

读《红楼梦》，喜欢宝玉的痴，他闯见小厮茗烟和一个清秀的女孩子在一起，没有责备他的大胆，却恨他连女孩子姓什么叫什么都不知道。不知名就是不经心，奇怪的是有人竟能如此不经心地过一生一世。宝玉自己是连听到刘姥姥说“雪地里女孩儿精灵”的故事，也想弄清楚她的名姓而去祭告一番的。

有一次，三月，去爬中部的一座山，山上有一种蔓藤似的植物，长着一种白紫交融纫丝披纷的花。我蹲在山径上，凝神地看，山上没有人，无从问起。忽然，我发现有些花已经结了小果实了，青绿椭圆，我摘了一个下山去问人，对方瞄了一眼，不在意地说：

“那是百香果啊，满山都是的！现在还少了一点，从前，我们出去一捡就一大箩。”

我几乎跌足而叹，原来是百香果的花，那么芳香浓郁的百香果的花。如果再迟两个月来，满山岂不都是些紫褐色的果子，但我也不遗憾，我到底看过它的花了，只可惜初照面的时候，不能知名，否则应该另有一番惊喜。

野牡丹的名字是今年春天才打听出来的，一旦知道，整个春天竟然都过得不一样了。每次穿山径到图书馆影印资料，它总在路的右侧紫艳艳地开着，我朝它诡秘一笑，心里的话一时差不多已溢到嘴边：

“嗨，野牡丹，我知道你的名字了，蛮好听的呀——野牡丹。”

它望着我，也笑了起来，像一个小女孩，又想学矜持，又装不来。于是忍不住傻笑：

“咦？谁告诉你的？你怎么晓得我的名字的？”

“安娜女王的花边”（Queen Anna’s Lace）是一种美国野花的名字，它是在我心灰意冷问遍朋友没有一个人能指认得出来的时候，忽然获知的。告诉我的人是一个女画家，那天，她把车子停在宁静安详的小城僻路上，指着那一片由千百朵小如粟米的白花组成的大花告诉我，我一时屏息睁目，简直不敢相信那是真的。当下只见路边野花蔓延，世界是这样无休无止的一场美丽，我忽然觉得幸福得不知说什么才好。恍如古代，河出图，洛出书——那本不稀奇，但是，圣人认识它，那就不一样了。而我，一个平凡的女子，在夏日的薰风里，在漫漫的绿向天涯的大地上，只见那白花欣然怡悦地浮上来，像河图洛书一样地浮上来，我认识它吗？一朵花里有多少玄机，太平盛世会由于这样一个祥兆而出现吗？

我如呆如痴地坐着，一朵花里有多少玄机？

三月里，我到东门菜场外面的花店里去订一种花，那女孩听不懂，我只好找一张纸，一面画，一面解释：

“你看，就是这样，一根枝子，岔出许多小枝子，小枝子上有许许多多小花，又小，又白，又轻，开得散散的、濛濛的……”

“哦，”不等我说完，她就叫了起来，“你是说‘满天星’啊！”

（后来有位朋友告诉我，那花英文里叫Baby’s Breath——婴儿的呼吸，真温柔，让人忍不住心疼起来。）

第二天，我就把那订购的开得密密的星辰一把抱回家，觉得自己简直是宇宙，一胸襟都是星。

我把花插在一个陶罐子里，万分感动地看那四面迸射的花。我坐在花旁看书，心中疑惑地想着，星星都是善于伪装的，它们明明那么大，比太阳还大，却怕吓到我们，所以装得那么小，来跟我们玩。它们明明是十万年前闪的光，却怕把我们弄糊涂了，所以假装是现在才眨的眼……而我买的这把“满天星”会不会是天星下凡来玩一遭的？我怔怔地看那花，愈看愈可疑，它们一定是繁星变的，怕我胆小，所以化成一把怯怯的花，来跟我共此暮春，共此黄昏。究竟是“星常化作地下花”呢，还是“花欲升作天上星”呢？我抛下书，被这样简单的问题搞糊涂了。

菜单上也有好名字。

有一种贝壳，叫“海瓜子”，听着真动人，仿佛是从海水的大瓜瓤里剖出的西瓜子。想起来，仿佛觉得那菜真充满了一种嗑的乐趣——嗑下去，壳张开，瓜子仁一般的贝肉就滑落下来……还有一种又大又圆的贝类，一面是白壳，一面是紫褐色的壳，有个气吞山河的名字，叫“日月蚶”，吃的时候，简直令人自觉神圣起来。不知道日月蚶自己知不知道它叫日月蚶——白的那面像月，紫的那面像日，它就是天地日月精华之所钟。

吃外国东西，我更喜欢问名了，问了，当然也不懂，可是，把名字写在记事本上，也是一段小小的人生吧。英雄豪杰才有其王图霸业的历史记录，小人物的记事册上却常是记下些莫名其妙的资料，例如有一种紫红色的生鱼片叫玛苦瑞，一种薄脆对折、中间包些菜肴的墨西哥小饼叫“他可”，意大利馅饼“比萨”吃起来老让人想起在比萨斜塔（虽然意大利文那两字毫不相干）。一种吃起来像烤馒头的英式面包叫“玛芬”，Petit Munster（珀蒂蒙斯特）是有点臭咸鱼味道的法国乳酪，Artichoke（朝鲜蓟）长得像一朵绿色的花，煮熟了一瓣瓣掰下来蘸牛油吃，而“黑森林”又竟是一种蛋糕的名字。

记住些乱七八糟的食物名字当然是很没出息的事情，我却觉得其中有某种尊敬。只因在茫茫的人世里，我曾在某种机缘下受人一粥一饭，应当心存谢忱。虽然，钱也许是我付的，但我仍觉得每一个人的一只盘碗，都有如僧人的钵，我们是受人布施的托钵人，世界人群给我们的太多，我至少应该记下我曾经领受的食物名称。

有时我想，如果我死，我也一定要问清楚病名，也许那是最后一度问名了。

人生一世，问的都是美好的名字，一样好吃的菜肴，一块红得半透明的石头，一座山，一种衣料，一朵花，一条鱼……

但是，有一天，我会带着敬意问我敌人的名字，像古战场上两军对垒时，大英雄总是从容地问：

“来将通名！”

也许是癌，也许是心脏病，也许是脑溢血……但是，我希望自己有机会问名，我不能不清不白地败在不知名的对方手下。既然要交锋，就得公平，我要知道对手叫什么名字，背景如何，我要好好跟它斗一斗。就算力竭气绝，我也要清清楚楚叫出它的名字：

“××，算你赢了。”

然后，我会听见它也在叫我的名字：

“晓风，你也没输，我跟你缠斗得够辛苦的了！”

于是，我们对视着，彼此行礼，握手，告退。

最后的那场仗，我算不算输，我不知道，只知道，我要知道对方的名字，也要跟它好好拼上许多回合。

自始至终，我是一个喜欢问名的人。

地篇

据说，古时的地字，是用两个土字为基本结构，而土字写作“Ω”。猛一看，忍不住怦然心跳，差不多觉得仓颉造了个“有声音效果的字”，仿佛间只见宇宙洪荒，天地濛涌，一片又小又翠的叶子中气十足，嘣的一声蹿出地面，人类吓了一跳，从此知道什么叫土地。

《尔雅》——一本最古老的字典——上面说：“地，底也，其体在底下，载万物也。”看着，看着，开始不服气起来，分明是一本文字学的书嘛，怎么会如此像诗，把地说成最低最低的万物承载的摇篮，把地说成了人类的“底子”，世上还有比这更好的解释吗？

终于想通了，文字学家和诗人是一种人，一种叽叽呱呱跟在造物身后不停地指手画脚，企图努力向人解释的人。

在中国语言里，大地不但是有生命的，而且还有得非常具体。

譬如说“地毛”，地竟被看作是毛发青盛的，地难道是一个肌肤实突的少年男子吗？而地毛指的是一些“莎草”。下一次，等我行过草原，我要好好地看一下大地的汗毛。

地也有耳，“地耳”指的是一种菌类，大略和木耳相似吧！大地的耳朵，它倚侧着想听些什么呢？是星辰的对位，还是风水的和弦？

吃木耳的时候，我想我吃下了许多神秘的声音。

另外有一种松茸，圆圆的，叫“地肾”，奇怪，大地可以不断地捐赠他的肾而长出新的来。

有一种红色的茜草叫作“地血”，传说是人血所化生，想起来悸怖中又有不自禁的好奇和期待。有一天，竟会有一株茜草是另一种版本的我，属于我的那株茜草会是怎样的红？殷忧的浓红？浪漫的水红？郁愤的紫红？沉实的棕红？抑或是历历不忘的斑红？孰为我？我为孰？真令人取决不下。

“地肺”是什么？有时候指的是山，有时候指的是水中的浮岛。在江苏、在河南、在陕西，都有地方叫地肺，不管是以山或以岛为肺叶，吐纳起来都是很过瘾的吧？

“地骨”同时指石头和枸杞，把石头算作骨骼是很合理的，两者一般的嵌崎磊落。喜欢石头的人都可以把自己看作“摸骨专家”，可以仔细摸一摸大地的支架。可是把枸杞认作地骨不免令人惊奇，想来石头做地骨取的是“写实派”手法，枸杞做地骨应是“象征派”手法。枸杞是一种红色颗粒的补药，大概服食后可以让人拥有大地一般的体魄吧！枸杞也叫地筋，不管是“大地之筋”或“大地之骨”，我总是宁可信其有。

“地脂”是一篇道家的故事，据说有人偶然遇见，偶然试擦在一位老人的脸上，老人的皱纹顿时平滑如少年。世上有多少青春等待唤回，昨夜微霜初渡河，今晨的秋风里凋了多少青发？我们到何处去寻故事中的“地脂”呢？

“地脉”指的是河流，想来必是黄河动脉、长江静脉吧？至于那些夹荷带柳的小溪应该是细致的微血管了。这样看来喜马拉雅真该是大地的心脏了，多少血脉附生在它身上！只是有时想来又令人不平，如河川是血脉，血脉可不可以是河流呢？侧耳听处，哪一带是黄河冰澌？哪一带是钱塘浙潮？究竟是人在江湖，还是江湖在人？今宵可否煮一壶酒，于血波沸扬处听故国的五湖三江？

“地脊”几乎是一则给小孩猜的谜语，一看就知道是指山，山是多峥嵘秀拔的一副脊椎骨啊！永不风湿、永不发炎地挺在那里，有所承当，有所负载的脊梁。

地也有嘴，叫“地喙”，指的是深渊。听说西域龟兹国的音乐是君臣静坐于高山深谷之际，听松涛相激，动静相生，虚实相荡而来。如果山是竹管，深渊便是凿陷的孔，音乐便在竹管的“有”与孔穴的“无”之间流泻出来。如果深渊是大地之口，那该是一张启发了人间音乐的口。

所有的民族都毫无选择地必须爱敬大地，但在语汇里使大地有血脉有骨肉，有口有耳有脊骨的，恐怕只有中国人吧。大地的众子中如果说我们中国人最爱她，应该并不为过吧！

除了在语言里把大地看作有位格有肢体的对象，其他中国语言里令人称奇的跟大地有关的语汇也说它不完！

“地味”两字令人引颈以待，急着想知道究竟说的是什么。原来是指天地初生，地涌清泉的那份甘洌，听来令人焦灼艳羡，恨不得身当其时，可以贪心连捞它三把，一掬盥面，一掬餍渴，一掬清心。

“地丁”也颇费猜，千想万想却没想到居然是指野花蒲公英，真是好玩。地丁是什么意思？写《本草纲目》的李时珍也说不清楚，我只好将之解释为大地的小守卫兵，每年看到蒲公英，我忍不住窃然自喜，和它们相对瞬目：“喂！我知道你是谁，你们这些又忠心又漂亮的小卫兵，你们交班交得多么好看，你们把大地守卫得多么周密，你们是唯一没有刀没有枪的小地丁。”那些家伙在阳光下显出好看的金头盔，却假装没听见我说话，对了，我不该去逗它们的，它们正在正正经经地站岗呢！

“地珊瑚”其实就是藤，算来该是一种绿色种的变色珊瑚了。世上的好事好物太多，有时不免把辞章家搞糊涂了，不知该用什么去形容什么，应该说“好风如水”呢，还是该说“好水如风”呢？应该说“人面如花”呢，还是说“花似人面”呢？“江山如画”和“画如真山真水”哪一个更真切？而我一眼看到的珊瑚虽觉清机妙趣盈眉而来，却也不免跃跃然想去叫珊瑚一声“海藤”。

“地龙子”指的是蚯蚓，听来令人简直要扑哧一笑，那么小小的蠕虫，哪能担上那么大的龙的名头，但仔细一想，倒觉得地龙子比天龙可爱踏实多了。谁曾看过天龙呢？地龙却是人人看过的，人生一世果能土里来土里去像一只蚯蚓，不见得就比云里来雨里去的龙为差，蚯蚓又叫“地蝉”，这家伙居然又善鸣，不太能想象一只像植物一样活在泥土里的动物怎么开口唱歌。可是每次在乡下空而静的黄昏，大地便是一棵无所不载的巨树，响亮的鸣声单纯地传来，乍然一听，只觉土地也在悠悠然唱起开天辟地的老话头来。

“地行仙”常常是老寿星的美称，仙人中也许就该数这种仙人最幸福，餐霞饮露何如餐谷饮水？第一次看一位长辈写“天马行地”四个字，立觉心折，俗话常说“云泥之别”，其实云不管多高多白，终有一天会脱胎成雨水，会重入尘寰，会委身泥土而浑然为一。求仙是可以的，但是，就做这种仙吧！

“地货”是商业上的名词，一切的蔬菜、水果、萝卜、山芋、荸荠全在内。我有时想开一家地货行，坐拥南瓜的赤金、菜瓜的翡翠以及茄子的紫晶，门口用敦敦实实的颜体写上“地货行”三个大字——想着想着，事情就开始实在而具体起来，仿佛已看见顾客伸手去试敲一枚大西瓜，而另一个正在捏着一只吹弹得破的柿子，急得我快要失口叫了起来。

“地听”一词是件不可思议的军事行动，办法是先掘一个深深的坑，另外再准备一个土瓮，瓮用薄皮封了口，看来有点像鼓。人抱着这种鼓瓮躲在地坑里，敌人如果想挖地道来袭，瓮就会发出声音。这虽然是战争的故事、生死交关的情节，可是听来却诗意盎然。又有一种用皮做的“胡禄”，人躺在地下把它当枕头枕着，也可以远远听到行军之声。大地到底怎么回事？怎么会有这么多神奇？

“舆地”两字是童话也是哲学，中国人一向有“天为盖，地以载”的观念，大地是用来载人的。但是，哪一种载法呢？中国人选择了“车子”的形象，大地一下子变成一辆娃娃车，载着历世历代的人类，在茫茫宇宙中稳然前行。我想到神往处，恨不得纵身云外，把这可爱的、以万木为流苏以千花为璎珞的娃娃车（而且是球形的，像灰姑娘赴王子晚宴所乘的那一辆），好好地看它个饱。

“地银”指的是月光下闪亮发光的河流，“地镜”也类同，指湖泊水塘。生平不耐烦对镜，也许大千世界有太多可观可叹可喜可耽之景，总觉对镜自赏是件荒谬的事。但有一天，当我年老，我会静静地找到一方镶满芳草的泽畔，低下头来，梳我斑白的头发，在水纹里数我的额纹。那时候，我会看见云来雁往，我会看见枯荷变成莲蓬，莲子复变成明夏新叶，我会怔怔然地望着大地之镜，求天地之神容许我在这一番大鉴照中看见自己小小如戏景的一生。人生不对镜则已，要对，就要对这种将朝霞夕岚岁月年华一并映照的无边无际的大镜。

只是美丽起来的石头

一向不喜欢宝石——最近却悄悄地喜欢了玉。

宝石是西方的产物，一块钻石，割成几千几百个“割切面”，光线就从那里面激射而出，挟势凌厉，美得几乎具有侵略性，使我不由得提防起来。我知道自己无法跟它的凶悍逼人相埒，不过至少可以决定“我不喜欢它”。让它在英女王的皇冠上闪烁，让它在展览会上伴以投射灯和响尾蛇（防盗用）展出，我不喜欢，总可以吧！

玉不同，玉是温柔的，早期的字书解释玉，也只是说："玉，石之美者。"原来玉也只是石，是许多混沌的生命中忽然脱颖而出的那一点灵光。正如许多孩子在夏夜的庭院里听老人讲古，忽有一个因洪秀全的故事而兴天下之想，遂有了孙中山。所谓伟人，其实只是在游戏场中忽有所悟的那个孩子。所谓玉，只是在时间的广场上因自在玩耍竟而得道的石头。

克拉之外

钻石是有价的，一克拉一克拉地算，像超级市场里的猪肉，一块块皆有其中规中矩称出来的标价。

玉是无价的，根本就没有可以计值的单位。钻石像谋职，把学历、经历乃至成绩单上的分数一一开列出来，以便序位核薪。玉则像爱情，一个女子能赢得多少爱情完全视对方为她着迷的程度，其间并没有太多法则可循。以撒·辛格（诺贝尔文学奖得主）说："文学像女人，别人为什么喜欢她以及为什么不喜欢她的原因，她自己也不知道。"其实，玉当然也有其客观标准，它的硬度，它的晶莹、柔润、缜密、纯全和刻工都可以讨论。只是论玉论到最后关头，竟只剩"喜欢"二字，而"喜欢"是无价的，你买的不是克拉的计价而是自己珍重的心情。

不须镶嵌

钻石不能佩戴，除非经过镶嵌，镶嵌当然也是一种艺术。而玉呢？玉也可以镶嵌，不过却不免显得“多此一举”，玉是可以直接做成戒指、镯子和簪笄的。至于玉坠、玉佩所需要的也只是一根丝绳的编结，用一段千回百绕的纠缠盘结来系住胸前或腰间的那一点沉实，要比金属般冷冷硬硬的镶嵌好吧？

不佩戴的玉也是好的，玉可以把玩，可以做小器具，可以做既可卑微地去搔痒，亦可用以象征宝贵吉祥的“如意”，可做用以祀天的璧，亦可做示绝的玦。我想做个玉匠大概比钻石割切人兴奋快乐，玉的世界要大得多、繁富得多。玉是既入于生活也出于生活的，玉是名士美人，可以相与出尘；玉亦是柴米夫妻，可以居家过日。

生死以之

一个人活着的时候，全世界跟他一起活——但一个人死的时候，谁来陪他一起死呢？

中古世纪有出质朴简直的古剧叫《人人》（*Everyman*），

死神找到那位名叫人人的主角，告诉他死期已至，不能宽贷，却准他结伴同行。人人找“美貌”，“美貌”不肯跟他去；人人找“知识”，“知识”也无意到墓穴里去相陪；人人找“亲情”，“亲情”也顾他不得……

世间万物，只有人类在死亡的时候需要陪葬品吧？其原因也无非是怕孤寂，活人殉葬太残忍，连土俑殉葬也有些居心不仁，但死亡又是如此幽阒陌生的一条路。如果待嫁的女子需要“陪嫁”来肯定来系连她前半生的娘家岁月，则等待远行的黄泉客何尝不需要“陪葬”来凭借来思忆世上的年华呢？

陪葬物里最缠绵的东西或许便是玉琀蝉了，蝉色半透明，比真实的蝉为薄，向例是含在死者的口中，成为最后的、一句没有声音的语言。那句话在说：

“今天，我入土，像蝉的幼虫一样，不要悲伤，这不叫死，有一天，生命会复活，会展翅，会如夏日出土的鸣蝉……”

那究竟是生者安慰死者而塞入的一句话，抑是死者安慰生者而含着的一句话？如果那是愿心，算不算狂妄的侈愿？如果那是谎言，算不算美丽的谎言？我不知道，只知道玉琀蝉那半透明的豆青或土褐色仿佛是由生入死的薄膜，又恍惚是由死返生的符信，但生生死死的事岂是我这样的凡间女子所能参破的？且在这落雨的下午俯首凝视这枚佩在自己胸前的被烈焰般的红丝线所穿结的玉琀蝉吧!

肆

我在玉肆中走，忽然看到一块像蛀木又像土块的东西，仿佛一张枯涩凝止的悲容，我驻足良久，问道：

“这是一种什么玉？多少钱？”

“你懂不懂玉？”老板的神色间颇有一种抑制过的傲慢。

“不懂。”

“不懂就不要问！我的玉只卖懂的人。”

我应该生气应该跟他激辩一场的，但不知为什么，近年来碰到类似的场面倒宁可笑笑走开。我虽然不喜欢他的态度，但相较而言，我更不喜欢争辩，尤其痛恨学校里“奥瑞根式”的辩论比赛，一句一句逼着人追问，简直不像人类的对话，嚣张狂肆到极点。

不懂玉就不该买不该问吗？世间识货的又有几人？孔子一生，也没把自己那块美玉成功地推销出去。《水浒传》里的阮小七说：“一腔热血，只要卖与识货的！”但谁又是热血的识货买主？连圣贤的光焰、好汉的热血都难以倾销，几块玉又算什么？不懂玉就不准买玉，不懂人生的人岂不没有权利活下去了？

当然，玉肆老板大约也不是什么坏人，只是一个除了玉的知识找不出其他可以自豪之处的人吧？

然而，这件事真的很遗憾吗？也不尽然。如果那天我碰到的是个善良的老板，他可能会为我详细解说，我可能心念一动便买下那块玉，只是，果真如此又如何呢？它会成为我的小古玩。但此刻，它是我的一点憾意，一段未圆的梦，一份既未开始当然也就不致结束的情缘。

隔着这许多年，如果今天那玉肆的老板再问我一次是否识玉，我想我仍会回答不懂，懂太难，能疼惜宝重也就够了。何况能懂就能爱吗？在竞选中互相中伤的政敌其实不是彼此十分了解吗？当然，如果情绪高昂，我也许会塞给他一张《说文解字》抄下来的纸条：

玉，石之美。有五德：

润泽以温，仁之方也；

䚡理自外，可以知中，义之方也；

其声舒扬，专以远闻，智之方也；

不桡而折，勇之方也；

锐廉而不技，絜之方也。

然而，对爱玉的人而言，连那一番大声镗鞳的理由也是多余的。爱玉这件事几乎可以单纯到不知不识而只是一团简简单单的欢喜，像婴儿喜欢清风拂面的感觉，是不必先研究气流风向的。

瑕

付钱的时候，小贩又重复了一次：

“我卖你这玛瑙，再便宜不过了。”

我笑笑，没说话。他以为我不信，又加上一句：

“真的——不过这么便宜也有个缘故。你猜为什么？”

“我知道，它有斑点。”本来不想提的，被他一逼，只好说了，免得他一直啰唆。

“哎呀，原来你看出来了，玉石这种东西有斑点就差了，这串项链如果没有瑕疵，哇，那价钱就不得了啦！”

我取了项链，尽快走开。有些话，我只愿意在无人处小心地，断断续续地，有一搭没一搭地说给自己听。

对于这串有斑点的玛瑙，我怎么可能看不出来呢？它的斑痕如此清清楚楚。

然而买这样一串项链是出于一个女子小小的侠气吧，凭什么要说有斑点的东西不好？水晶里不是就有一种叫“发晶”的种类吗？虎有纹，豹有斑，有谁嫌弃过它的皮毛不够纯色？

就算退一步说，把这斑纹算瑕疵，世间能把瑕疵如此坦然相呈的人也不多吧？凡是可以坦然相见的缺点都不该算缺点的。纯全完美的东西是神器，可供膜拜。但站在一个女人的观点来看，男人和孩子之所以可爱，正是由于他们那些一清二楚、无所掩饰的小缺点吧？就连一个人对自己本身的接纳和纵容，不也是看准了自己的种种小毛病而一笑置之吗？

所有的无瑕是一样的——因为全是百分之百的纯洁透明，但瑕疵斑点却面目各自不同。有的斑痕像苔藓数点，有的是砂岸逶迤，有的是孤云独去，更有的是铁索横江，玩味起来，反而令人欣然心喜。想起平生好友，也是如此，如果不能知道一两件对方的糗事，不能有一两件可笑可嘲可詈可骂之事彼此打趣，友谊恐怕也会变得空洞吧？

有时独坐细味“瑕”字，也觉悠然意远，瑕字左边是玉旁，是先有玉才有瑕的啊！正如先有美人，而后才有“美人痣”；先有英雄，而后有悲剧英雄的缺陷性格。缺憾必须依附于完美，独存的缺憾岂有美丽可言？天残地缺，是因为天地都如此美好，才容得修地补天的改造的涂痕。一个“坏孩子”之所以可爱，不也正因为他在撒娇撒赖蛮不讲理之外，有属于一个孩童近乎神明的纯洁了吗？

瑕的右边是“叚”，“叚”有赤红色的意思，瑕的解释是“玉小赤”，我也喜欢瑕字的声音，自有一种坦然的不遮不掩的亮烈。

完美是难以冀求的，那么，在现实的人生里，请给我有瑕的真玉，而不是无瑕的伪玉。

唯一

据说，世间没有两块相同的玉——我相信，雕玉的人岂肯去重复别人的创制。

所以，属于我的这一块，无论贵贱精粗都是天地间独一无二的。我因而疼爱它，珍惜这一场缘分，世上好玉万千，我却恰好遇见这块，世上爱玉人亦有万千，它却偏偏遇见我，但我们之间的聚会，也只是五十年吧？上一个佩玉的人是谁呢？有些事是既不能去想更不能嫉妒的，只能安安分分珍惜这匆匆的相属相连的岁月。

活

佩玉的人总相信玉是活的，他们说：

“玉要戴，戴戴就活起来了哩！”

这样的话是真的吗？抑或只是传说臆想？

我不知道自己能不能把一块玉戴活，这是需要时间才能证明的事，也许几十年的肌肤相亲，真可以使玉重新有血脉和呼吸。但如果奇迹是可祈求的，我愿意首先活过来的是我，我的清洁质地，我的致密坚实，我的莹秀温润，我的斐然纹理，我的清声远扬。如果玉可以因人的佩戴而复活，也让人因佩玉而复活吧，让每一时每一刻的我莹彩暖暖，如冬日清晨的半窗阳光。

石器时代的怀古

把人和玉、玉和人交织成一的神话是《红楼梦》，它也叫《石头记》，在补天的石头群里，主角是那三万六千五百零一块外多出的一块，天长日久，竟成了通灵宝玉，注定要来人间历经一场情劫。

他的对方则是那似曾相识的绛珠仙草。

那玉，是男子的象征，是对于整个石器时代的怀古。那草，是女子的表记，是对榛榛莽莽洪荒森林的思忆。

静安先生释《红楼梦》中的“玉”，说“玉”即“欲”，大约也不算错吧？《红楼梦》中含“玉”字的名字总有其不凡的主人，像宝玉、黛玉、妙玉、红玉，都各自有他们不同的人生欲求。只是那“欲”似乎可以解作英文里的want（想要，需要），是一种不安、一种需索，是不知所从的缠绵，是最快乐之时的凄凉、最完满之际的缺憾，是自己也不明白所以的惴惴，是想挽住整个春光留下所有桃花的贪心，是大彻大悟与大栈恋之间的摆荡。

神话世界每每是既富丽而又高寒的，所以神话人物总要找一件道具或伴当相从，设若龙不吐珠，嫦娥没有玉兔，李聃失了青牛，果老走了肯让人倒骑的驴或是麻姑少了仙桃，孙悟空缴回金箍棒，那神话人物真不知如何施展身手了——贾宝玉如果没有那块玉，也只能做美国童话《绿野仙踪》里的“无心人”奥迪斯。

“人非木石，孰能无情”，说这话的人只看到事情的表象，木石世界的深情大义又岂是我们凡人所能尽知的。

玉楼

如果你想知道钻石，世上有宝石学校可读，有证书可以证明你的鉴定力。但如果你想知道玉，且安安静静地做你自己，并且从肤发的温润、关节的玲珑、眼目的清澈、意志的凝聚、言笑的清朗中去认知玉吧！玉即是我，所谓文明其实亦即由石入玉的历程，亦即由血肉之躯成为“人”的史页。

道家以目为银海，以肩为玉楼，想来仙家玉楼连云也不及人间一肩可担道义的肩胛骨为贵吧？爱玉至极，恐怕也只是返身自重吧？

色识

颜色之为物，想来应该像诗，介乎虚实之间，有无之际。

世界各民族都有其“上界”与“下界”的说法，以供死者前往——独有中国的特别好辨认，所谓“上穷‘碧’落下‘黄’泉”。《千字文》也说“天地玄黄”，原来中国的天堂地狱或是宇宙全是有颜色的哩！中国的大地也有颜色，分五块设色，如同小孩玩的拼图版，北方黑，南方赤，西方白，东方青，中间那一块则是黄的。

有些人是色盲，有些动物是色盲，但更令人惊讶的是，据说大部分人的梦是无色的黑白片。这样看来，即使色感正常的人，每天因为睡眠也会让人生的三分之一时间失色。

中国近五百年来的画，是一场墨的胜利。其他颜色和黑一比，竟都黯然引退。好在民间的年画、刺绣和庙宇建筑仍然五光十色，相较之下，似乎有下面这一番对照：

成人的世界是素净的暗色，但孩子的衣着则不避光鲜明艳。

汉人的生活常保持渊沉的深色，苗瑶藏胞却以彩色环绕汉人、提醒汉人。

平素家居度日是单色的，逢到节庆不管是元宵放灯或端午赠送香包或市井婚礼，色彩便又复活了。

庶民（又称“黔”首、“黧”民）过老态的不设色的生活，帝王将相仍有黄袍朱门紫绶金驾可以炫耀。

古文的园囿不常言色，诗词的花园里却五彩绚烂。

颜色，在中国人的世界里，其实一直以一种稀有的、矜贵的、与神秘领域暗通的方式存在。

颜色，本来理应属于美术领域，不过，在中国，它也属于文学。眼前无形无色的时候，单凭纸上几个字，也可以想见“日落江湖‘白’，潮来天地‘青’”的山川胜色。

逛故宫，除了看展出物品，也爱看标签，一个是“实”，一个是“名”，世上如果只有喝酒之实而无“女儿红”这样的酒名，日子便过得不精“彩”了。诸标签之中且又独喜与颜色有关的题名，像下面这些字眼儿，本身便简扼似诗：

祭红：祭红是一种沉稳的红釉色，红釉本不可多得，不知祭红一名何由而来，似乎有时也写作“积红”，给人直觉的感觉不免有一种宗教性的虔诚和绝对。本来羊群中最健康的、玉中最完美的可作礼天敬天之用，祭红也该是最凝聚最纯粹最接近奉献情操的一种红。相较之下，“宝石红”一名反显得平庸，虽然宝石红也光莹透澈，极为难得。

牙白：牙白指的是象牙白，因为不顶白反而有一种生命感，让人想到羊毛、贝壳或干净的骨骼。

甜白：不知怎么会找出甜白这么好的名字，几件号称甜白的器物多半都脆薄而婉腻。甜白的颜色微灰泛紫加上几分透明，像雾峰一带的好芋头，煮熟了，在热气中乍剥了皮，含粉含光，令人甜从心起，“甜白”两字也不知是不是这样来的。

娇黄：娇黄其实很像杏黄，比黄瓤西瓜的黄深沉，比袈裟的黄轻俏，是中午时分对正阳光的透明黄玉，是琉璃盏中新榨的纯净橙汁，黄色能黄到这样好真叫人又惊又爱又心安。美国式的橘黄太耀眼，可以做属于海洋的游艇和救生圈的颜色。中国皇帝的龙袍黄太夸张，仿佛新富乍贵，自己一时也不知该怎么穿着，才胡乱选中的颜色，看起来不免有点舞台戏服的感觉。但娇黄是定静的沉思的，有着《大学》一书里所说的“定而后能静、静而后能安、安而后能虑、虑而后能得”的境界。有趣的是“娇”字本来不能算是称职的形容颜色的字眼儿——太主观，太情绪化，但及至看了“娇黄高足大碗”，倒也立刻忍不住点头称是，承认这种黄就该叫娇黄。

茶叶末：茶叶末其实是秋香色，也略等于英文里的鳄梨色（avocado），但情味并不相似。鳄梨色是软绿中透着柔黄，如池柳初舒，茶叶末则显然忍受过搓揉和火炙，是生命在大挫伤中历练之余的幽沉芬芳，但两者又分明属于一脉家谱，互有血缘。此色如果单独存在，会显得悒闷，但由于是釉色，所以立刻又明丽生鲜起来。

鹧鸪斑：这称谓原不足以算“纯颜色”，但仔细推来，这种乳白赤褐交错的图案效果如果不用此字，真不知如何形容。鹧鸪斑三字本来很可能是鹧鸪鸟羽毛的错综效果，我自己却一厢情愿地认为那是鹧鸪鸟蛋壳的颜色。所有的鸟蛋都有极其漂亮的颜色，或红褐，或浅碧，或斑斑朱朱。鸟蛋不管隐于草茨或隐于枝柯，像未熟之前的果实，它有颜色的目的竟是求其“失色”，求其“不被看见”。这种斑丽的隐身衣真是动人。

霁青、雨过天青：霁青和雨过天青不同，前者是凝冻的深蓝，后者比较有云淡天青的浅致。有趣的是从字义上看都指雨后的晴空。大约好事好物也不能好过头，朗朗青天看久了也会糊涂，以为不稀罕。必须乌云四合，铅灰一片乃至雨注如倾盆之后的青天才可喜。柴世宗御批指定“雨过天青云破处，者（这）般颜色作将来”，口气何止像君王，更像天之骄子，如此肆无忌惮，简直根本不知道世上有不可为之事，连造化之诡、天地之秘也全不瞧在眼里。不料正因为他孩子似的、贪心的、漫天开价的要求，世间竟真的有了雨过天青的颜色。

剔红：一般颜色不管红黄青白，指的全是数学上的“正号”，是在形状上面“加”上去的积极表现。剔红却特别奇怪，剔字是“负号”，指的是在层层相叠的漆色中以雕刻家的手法挖掉了红色，是“减掉”的消极手法。其实，既然剔除了只能叫剔空，它却坚持叫剔红，仿佛要求我们留意看那番疼痛的过程。站在大玻璃橱前看剔红漆盒看久了，竟也有一份悲喜交集的触动。原来人生亦如此盒，它美丽剔透，不在保留下来的这一部分，而在挖空剔除的那一部分。事情竟是这样的吗？在忍心的割舍之余，在冷清的镂空之后，生命的图案才足动人。

斗彩：斗彩的“斗”字也是个奇怪的副词，颜色与颜色也有可斗的吗？文字学上“斗”字也通于“逗”，“逗”与“斗”在釉色里面都有“打情骂俏”的成分，令人想起李贺的“石破天惊逗秋雨”，那一番逗简直是挑逗啊！把雨水从天外逗引出来，把颜色从幽冥中逗弄出来。斗彩的小器皿向例是热闹的，少不了快意的青蓝和珊瑚红，非常富有民俗趣味。近人语言里每以“逗”这个动词当形容词用，如云“此人真逗”！形容词的“逗”有“绝妙好玩”的意思，如此说来，我也不妨说一句“斗彩真逗”！

当然，“艳色天下重”，好颜色未必皆在宫中，一般人玩玉总不免玩出一番好颜色好名目来，例如：

孩儿面（一种被石灰沁过而微红的玉）。

鹦哥绿（此绿是因为做了青铜器的邻居受其感染而变色的）。

茄皮紫。

秋葵黄。

老酒黄（多温暖的联想）。

虾子青（石头里面也有一种叫“虾背青”的，让人想起属于虾族的灰青色的血液和肌理）。

不单玉有好颜色，石头也有，例如：

鱼脑冻：指一种青灰浅白半透明的石头，“灯光冻”则更透明。

鸡血：指浓红的石头。

艾叶绿：据说是寿山石里面最好最值钱的一种。

炼蜜丹枣：像蜜饯一样，是个甜美生津的名字，书上说“百炼之蜜，渍以丹枣，光色古黯，而神气焕发”。

桃花水：据说这种亦名“桃花片”的石头浸在瓷盘净水里，

一汪水全成了淡淡的“竟日桃花逐水流”的幻境。如果以桃花形容石头，原也不足为奇，但加一“水”字，则迷离滉漾，硬是把人推到“两岸桃花夹古津”的粉红世界里去了。类似的浅红石头也有叫“浪滚桃花”的，听来又凄婉又响亮，叫人不知如何是好。

砚水冻：这是种不纯粹的黑，像白昼和黑夜交界处的交战和朦胧，并且这份朦胧被魔法定住，凝成水果冻似的一块，像砚池中介乎浓淡之间的水，可以为诗，可以染墨，也可以秘而不宣，留下永恒的缄默。

石头的好名字还有许多，例如“鸦鸽眼”（一切跟“眼”有关的大约都颇精粹动人，像“虎眼”“猫眼”）、“桃晕”、“洗苔水”、“晚霞红”等。

当然，石头世界里也有不“以色事人”的，像“太湖石”“常山石”，是以形质取胜，两相比较，像美人与名士，各有可倾倒之处。

除了玉石，骏马也有漂亮的颜色。项羽必须有英雄最相宜的黑色来相配，所以“乌”骓不可少，关公有“赤”兔，刘彻有汗“血”，此外“玉”骢、“华”骝、“紫”骥，无不充满色感。至于不骑马而骑牛的那位老聃，他的牛也有颜色，是“青”牛，老子一路行去，函谷关上只见“紫”气东来。

马之外，英雄当然还须有宝剑，宝剑也是“紫电”“青霜”，当然也有以“虹气”来形容剑器的，那就更见七彩缤纷了。

中国古代晚期小说里也流金泛彩，不可收拾。《金瓶梅》里小小儿道点心，立刻让人进入“色彩情况”，如：

揭开，都是顶皮饼、松花饼、白糖万寿糕、玫瑰搽穰卷儿。

写惠莲打秋千一段也写得好：

这惠莲也不用人推送，那秋千飞起在半天云里，然后忽地飞将下来，端的却是飞仙一般，甚可人爱。月娘看见，对玉楼、李瓶儿说：“你看媳妇子，她倒会打。”正说着，一阵风过来，把她裙子刮起，里边露见大红潞绌裤儿，扎着脏头纱绿裤腿儿，好五色纳纱护膝，银红线带儿。玉楼指与月娘瞧。

另外一段写潘金莲装丫头的也极有趣：

却说金莲晚夕，走到镜台前，把鬏髻摘了，打了个盘头楂髻，把脸搽得雪白，抹得嘴唇儿鲜红，戴着两个金澄笼坠子，贴着三个面花儿，带着紫销金箍儿，寻了一套大红织金袄儿，下着翠蓝缎子裙，妆扮丫头，哄月娘众人耍子。叫将李瓶儿来与她瞧，把李瓶儿笑得前仰后合。说道：“姐姐，你妆扮起来，活像个丫头，我那屋里有红布手巾，替你盖着头，等我往后边去，对他们只说他爹又寻了个丫头，唬他们唬，敢情就信了。”

买手帕的一段，颜色也多得惊人：

敬济道：“门外手帕巷有名王家，专一发卖各色改样销金点翠手帕汗巾儿，随你要多少也有，你老人家要甚么颜色？销甚花样？早说与我，明日都替你一齐带的来了。”李瓶儿道：“我要一方老黄销金点翠穿花凤的。”敬济道：“六娘，老金黄销上金，不显。”李瓶儿道：“你别要管我，我还要一方银红绫销江牙海水嵌八宝儿的，又是一方闪色芝麻花销金的。”敬济便道：“五娘，你老人家要甚花样？”金莲道：“我没银子，只要两方儿勾了，要一方玉色绫锁子地儿销金的。”敬济道：“你又不是老人家，白刺刺的要他做甚么？”金莲道：“你管他怎的？戴不的，等我往后有孝戴！”敬济道：“那一方要甚颜色？”金莲道：“那一方，我要娇滴滴紫葡萄颜色四川绫汗巾儿，上销金间点翠花样锦，同心结方胜地儿，一个方胜儿里面，一对儿喜相逢，两边阑子儿都是缨络珍珠碎八宝儿。”敬济听了，说道：“耶哧，耶哧，再没了，卖瓜子儿开箱子打喷嚏，琐碎一大堆。”

看了两段如此如见其人如闻其声的描写，竟也忍不住疼惜起潘金莲来了，有表演天才，对音乐和颜色的世界极敏锐，喜欢白色和娇滴滴的葡萄紫。可怜这聪明剔透的女人，在这个世界上她除了做西门庆的第五房老婆外，可以做的事其实太多了！只可怜生错了时代！

《红楼梦》里更是一片华彩，在“千红一窟”“万艳同杯”

的幻境之余，怡红公子终身和红的意象是分不开的。跟黛玉初见时，他的衣着如下：

头上戴着束发嵌宝紫金冠，齐眉勒着二龙抢珠金抹额；一件二色金百蝶穿花大红箭袖，束着五彩丝攒花结长穗宫绦，外罩石青起花八团倭缎排穗褂，蹬着青缎粉底小朝靴……

没过多久，他又换了家常衣服出来：

已换了冠服：头上周围一转的短发，都结成小辫，红丝结束，共攒至顶中胎发，总编一根大辫，黑亮如漆，从顶至梢，一串四颗大珠，用金八宝坠脚；身上穿着银红撒花半旧大袄，仍旧带着项圈、宝玉、寄名锁、护身符等物；下面半露松花撒花绫裤，锦边弹墨袜，厚底大红鞋。

宝玉由于在小说中身居要津，不免时时刻刻要为他布下多彩的戏服，时而是五色斑丽的孔雀裘，有时是生日小聚时的“大红绵纱小袄儿，下面绿绫弹墨夹裤，散着裤脚，系着一条汗巾，靠着一个各色玫瑰芍药花瓣装的玉色夹纱新枕头”。生起病来，他点的菜也是仿制的小荷花叶子、小莲蓬，图的只是那翠荷鲜碧的好颜色。告别的镜头是白茫茫大地上的一件猩红斗篷。就连日常保暖的一件小内衣，也是白绫子红里子上面绣起最生香活色的“鸳鸯戏水”。

和宝玉的猩红斗篷有别的是女子的石榴红裙。猩红是“动物

性”的，传说红染料里要用猩猩血色来调才稳得住，真是凄伤至极点的顽烈颜色，恰适合宝玉来穿。石榴红是“植物性”的，香菱和袭人两个女孩在林木蓊郁的园子里，偷偷改换另一条友伴的红裙，以免自己因玩疯了而弄脏的那一条被众人发现。整个情调读来是淡淡的植物似的悠闲和疏淡。

和宝玉同属“富贵中人”的是王熙凤，她一出场，便自不同：

只见一群媳妇丫鬟拥着一个丽人从后房进来。这个人打扮与姑娘们不同，彩绣辉煌，恍若神妃仙子：头上绾着金丝八宝攒珠髻，插着朝阳五凤攒珠钗，项上戴着赤金盘螭缨络圈，身上穿着缕金百蝶穿花大红洋缎窄褃袄，外罩五彩刻丝石青银鼠褂，下着翡翠撒花洋绉裙。

这种明艳刚硬的古代“女强人”，只主管一个小小贾府，真是白糟蹋了。

《红楼梦》里的室内设计也是一流的，探春的、妙玉的、秦氏的、贾母的，各有各的格调，各有各的摆设，贾母偶然谈起窗纱的一段，令人神往半天：

那个纱，比你们的年纪还大呢。怪不得他认作蝉翼纱，原也有些像，不知道的都认作蝉翼纱。正经名叫“软烟罗”……那个软烟罗只有四样颜色：一样雨过天青，一样秋香色，一样松绿的，一样就是银红的。要是做了帐子，糊了窗屉，远远地看着，就似烟雾一样，所以叫作“软烟罗”。那银红的又叫作“霞影纱”。

《红楼梦》也是一部“红”尘手记吧，大观园里春天来时，莺儿摘了柳树枝子，编成浅碧小篮，里面放上几枝新开的花……好一出色彩的演出。

和小说的设色相比，诗词里的色彩世界显然密度更大更繁富。奇怪的是大部分作者都秉承中国人对红绿两色的偏好，像李贺，最擅长安排“红”“绿”这两个形容词前面的副词，像：

老红、坠红、冷红、静绿、空绿、颓绿。

真是大胆生鲜，从来在想象中不可能连接的字被他一连，也都变得妩媚合理了。

此外像李白“寒山一带伤心碧”（《菩萨蛮》），也用得古怪，世上的绿要绿成什么样子才是伤心碧呢？“一树碧无情”亦然，要绿到什么程度可算绝情绿，令人想象不尽。

杜甫“宠光蕙叶与多碧，点注桃花舒小红”（《江雨有怀郑典设》），以“多碧”对“小红”，也是中国文字活泼到极处的面貌吧？

此外，李商隐、温飞卿都有色癖，就是一般诗人，只要拈出“雨中黄叶树，灯下白头人”的对句，也一样有迷人情致。

词人中小山词算是极爱色的，郑因百先生有专文讨论，其中如：

绿娇红小、朱弦绿酒、残绿断红、露红烟绿、遮闷绿掩羞红、晚绿寒红、君貌不长红、我鬓无重绿。

竟然活生生地将大自然中最旺盛最欢愉的颜色驯服为满目苍凉，也真是夺造化之功了。

秦少游的“莺嘴啄花红溜，燕尾点波绿皱”也把颜色驱赶成一群听话的上驷。前句由于莺的多事，造成了由高枝垂到地面的用花瓣点成的虚线；后句则缘于燕的无心，把一面池塘点化成回纹千度的绿色大唱片。另外有位无名词人的“万树绿低迷，一庭红扑簌”也令人目迷不暇。

李清照“知否知否，应是绿肥红瘦”的颜色自己也几乎成了美人，可以在纤秾之间各如其度。

蒋捷有句谓“红了樱桃，绿了芭蕉”，其中的红绿两字不单成了动词，而且简直还是进行式的，樱桃一点点加深，芭蕉一层层转碧，真是说不完的风情。

辛稼轩“唤取红巾翠袖，揾英雄泪”也在英雄事业的苍凉无奈中见婉媚。其实世上另外一种悲剧应是红巾翠袖空垂——因为找不到真英雄，而且真英雄未必肯以泪示人。

元人小令也一贯地爱颜色，白朴有句曰：“黄芦岸白蘋渡口，绿杨堤红蓼滩头”，用色之奢侈，想来隐身在五色祥云后的神仙也要为之思凡吧？马致远也有“和露摘黄花，带霜烹紫蟹，煮酒烧红叶”的好句子，煮酒其实只用枯叶便可，不必用红叶，曲家用了，便自成情境。

世界之大，何处无色，何时无色，岂有一个民族会不懂颜色？但能待颜色如情人，相知相契之余且不嫌麻烦地想出那么多出人意表的字眼来形容描绘它，舍中文外，恐怕不容易再找到第二种语言了吧？

杜鹃之笺注

郑康成为《诗经》作笺，宋人吴正子为李贺诗作笺，凡是美丽且奥义的东西都须“笺”，我今且来为千岩之上万水之畔的杜鹃细细作笺。

对万物，我是这样来判断的：

一切东西，如果真的很好，好到极致，大概终于都会嫁给神话。凡是跟神话无缘的，在我看来，都像新贵乍富，少掉了一些可凭可依的深意。

是故大地有其神话，日月有其神话，星辰和露珠有其神话。此外季节、山川、风俗亦每有其神话。群花虽微，其中总有一些像月下突拔的峰头，平白沾得几许天庭幽辉。凡是能和神话结缘的花，总有其特异的风姿。

而其实所谓神话，不就是一番注解的苦心吗？上帝是造物者，人类则是费心为万物一一做注释的人。相对于宇宙的好生之德，我们不都是“述而不作”如仲尼的人吗？我们不能造山造河，所以只好演述它们的美丽。诗人为它们做感性的释义，科学家为它们做知性的缕析，那说神话故事的人却希望寻幽探微，说破万物的潜秘。此外，一切画家、音乐家、哲学家不都如小学生面对试卷，在努力地做着注音和解释的题目吗？

因此，回想起来，七岁那年我所以爱上杜鹃花，其实大半原因是先爱上了一则神话。

那年春天，我们住柳州城，房子坐落在山脚下，时时听到风声和鸟声。由于房子是借住的、由于山、由于春天、由于雨雾、由于父亲仍在战线上，童年的我竟也会感应一份客愁。夜深时，我在灯下习字，母亲说：

“这种杜鹃鸟很奇怪，它把自己倒吊在树枝上叫，叫到后来，血都从舌头上滴下来，滴到杜鹃花上，花就染红了。”

春寒犹深的夜里，听到这样凄厉的故事，小小的心不免悸怖觳觫，奇怪的是在惊惧之余偏偏不能自禁地喜欢上这种诡异的花。每次站在杜鹃花前，心中亦惨亦烈，想起泣血的故事，但觉

满满一丛树上都是生生死死的牵绊。

杜鹃又名山踯躅和映山红，对我而言，初识杜鹃，原是在山上，漫山的红花，是踯躅不忍言去的颜色啊！幼年时，但记得湘黔线上，火车经过湖南、广西一带（怎知我日后会嫁给一个湖南人呢？），竟是在花阵中穿行。那时太小，不知逃难有什么不好，只觉站上小贩卖的腊肠焖饭极好吃，满山满谷的山踯躅极美丽，悠悠的铁轨可以笔直无回地一路开拔下去。

小时候记不住什么湘黔线，却记得一山复一山的杜鹃——虽然不是名种。故土最后的一抹颜色，凄艳绝人，一条光光灿灿照明离人之眼的花之轨迹。

去岁，李霖灿先生和我谈大千先生的故事，他说：

“有一年，大千先生邀我去看杜鹃，他新从瑞典空运回来的黄色杜鹃，极名贵。我去看了，他问我花如何，我笑而不答，他再问，我仍笑而不答。大千先生忽然懂了，洒然大笑说：‘是啦！是啦！我懂啦！这种花，不入法眼，你在云南住过，好的杜鹃品种你是见识过的。’我说：‘对了，正是如此。’”

我听那故事，不胜欣羡，此生此世，如能被人说一句：“好的花，她是见识过的！”也就心满意足了。

然后就是台北，记忆中杜鹃该开在南方的山城里，台北亦是多雨多山的城，亦有杜鹃烈烈而发。读大学是在溪城，那时学校草莱初辟，时时看见苏州籍的施季言先生撑着把遮阳伞在后山指挥工人堆石种花，布局之间，恍然有苏州庭园风。他所种下的几乎全是杜鹃（虽然也有栀子）。年年春花，都让我驻足，让我想到这些花原来都是我的同届同学。而今，它们如此云蒸霞蔚，我呢？其中有一丛开在阶梯旁石缝中的粉色杜鹃，我几乎把它看作迷信故事里的“本命树”，年年春天都要和它相对站一会儿，仿佛那二十岁的长发女孩，此际来重访故人，或者自己。

杜鹃又几乎是所有校园里的宠花，由于是校园花，也可以算是青春的旗标、智慧的泉柱。台大校园里的杜鹃许多是日据时期种下的，杜鹃这种花竟是愈老愈精神，非常像“知识”，是一种历久不凋的容颜。

前些年，不知为什么，忽然流行起重瓣的洋杜鹃。奇怪的是许多花虽因重瓣而美丽，杜鹃却偏偏是单瓣的好看。单瓣的杜鹃才有单纯明朗的线条、干净澄定的颜色。而且台湾杜鹃花期长，又耐得各种气候，真是放诸天下亦可骄傲的春华。

杜鹃开到五月，大致谢了，却由于额外的恩宠，台湾又有一种小朵杜鹃来接棒。它们一般开在山里，有时从悬崖壁缝里倒长下来，乍看不免又惊又喜，看来杜鹃真是中国花，好比中国人喜欢《西游记》之后又有《西游记补》，《西厢记》之后又有《续西厢》，这小朵杜鹃看来亦是杜鹃的续篇。另外有种红心杜鹃

（亦名红星杜鹃），也极出奇，大约花中也有隐人高士，红心杜鹃风格高标，竟自顾自地长成一棵树了。看来杜鹃是亦师亦友的对象，与人齐高的可做朋友，硕大成树的可居宗师，至于那小丛小朵的，则是可爱宠娇纵的孩童。

杜鹃无果，是绝对为美而生存的花，再功利的人看到杜鹃也要心软，知道无用也是可以理直气壮的。

杜鹃花的花期长，是上天的优惠，但它又不像某些花开足十个月，显得太长，反而失去了季节更迭的喜悦。杜鹃花的花时如情人的乍见与相守，聚是久违的狂欢，离是迟迟的驻步，发乎其不得不发，止乎其所当止。

至于多年前的山城春夜，听母亲说那则极美丽且极可怕可伤的神话，现在想想竟也不惊了。王尔德笔下的红蔷薇，不也是夜莺刺透胸血而染红的吗？人间的欢愉、人间的艳色，背后不都潜藏着生命极挥洒处的最后一滴血吗？

如果杜鹃花是一部属于春天的经书，则我此番絮絮叨叨便是解释经书的笺注了。上天啊，能否容我为山作笺，为水作注，为大地作传，为群树作疏证。答应我，让我站在朗朗天日下为乾坤万象做一次利落动人的简报。

如果你看不明白这番笺注，就请去翻阅杜鹃那部经书的原典吧！它的墨色淋漓，至今犹新，每一朵花都是一粒点捺分明的字模，每一字可以说破万千法象，亿万朵花合起来则是说不尽的天道悠悠——所以，如果这部解释性的笺注使你愈看愈糊涂，则请你去翻查杜鹃那部经书的原典吧！

一山昙华

“你们来晚了！”

我老是听到这句话。

旅行世界各地，总是有热心的朋友跑来告诉你这句话。

于是，我知道，如果我去年就来，我可以赶上一场六十年来仅见的瑞雪。或者如果一个月前来，丁香花开如一片香海，或者十天以前来，有一场热闹的庙会，一星期以前来，正逢热气球大赛，三天以前是啤酒节……

开头的时候，听到这样的话，忍不住跌足叹息，自伤命苦，久了，也就认了。知道有些好事情，是上天赏给当地居民的。旅客如果碰上了，是万幸；碰不上，是理所当然。凭什么你把“花枝春满”“天心月圆”的好景都碰上了？

因此，我到夏威夷，听朋友说：“满山昙花都开了——好像是上个礼拜某个夜里。”心里也只觉坦然，一面促他带我们仍去看看，毕竟花谢了山还在。

到得山边，不禁目瞪口呆，果真是满满一山仙人掌，果真每棵仙人掌都垂下一朵大大的枯萎的花苞。遥想上个礼拜千朵万朵深夜竞芳时，不知是如何热闹熙攘的局面。而此刻，我仿佛面对三千位后宫美女——三千位垂垂老去的美女，努力揣想她们当年如何风华正茂……

如果不是事先听友人说明，此刻我也未必能发现那些残花。花朵开时，如敲锣如打鼓，腾腾烈烈，声震数里，你想不发现也难。但花朵一旦萎谢，则枝柯间忽然幽阒如墓地，你只能从模糊的字迹里去辨认昔日的王侯将相才子佳人。

此时此刻，说不憾恨是假的，我与这一山昙华，还未见面，就已诀别。

但对这种憾恨我却早已经“习惯”了，人本来就不是有权利看到每一道彩虹的。王羲之的兰亭雅集我没赶上，李白宴于春夜桃李园我也没赶上。就算我能逆时光隧道赶回一千多年前去参加，他们也必然因为我的女性身份而将我峻拒门外。是啊，不是

所有的好事都是我可以碰上的，哥伦布去新大陆没带我同行，莎士比亚《李尔王》的首演日我没接到招待券。而地球的启动典礼上帝也没让我剪彩……反正，是好事，而被我错过的，可多着哪！这一山白灿灿的昙花又算什么！

我呆呆站在山前，久久不忍离去，这一山残花虽成往事，但面对它却可以容我驰无穷之想象，想一周前的某个深夜，满山花开如素烛千盏，整座山燃烧如月下的烛台，那夜可有人是知花之人？可有心是惜香之心？

凡眼睛无福看见的，只好用想象去追踪揣摩。凡鼻子不及嗅闻的，只好用想象去填充臆测。凡手指无缘接触的，也只得用想象去弥补假设——想象使我们无远弗届。

我曾淡忘无数亲眼目睹的美景，反而牢牢记住了夏威夷岛上不曾见识过的一山昙华。这世间，究竟什么才叫拥有呢？

图书在版编目（CIP）数据

种种有情　种种可爱 / 张晓风著. -- 长沙 : 湖南文艺出版社, 2015.5
ISBN 978-7-5404-7151-4

Ⅰ. ①种… Ⅱ. ①张… Ⅲ. ①散文集—中国—当代 Ⅳ. ①I267

中国版本图书馆CIP数据核字（2015）第076627号

上架建议：经典文学 · 情感随笔

种种有情　种种可爱

著　　者：张晓风
出 版 人：刘清华
责任编辑：薛　健　刘诗哲
监　　制：毛闽峰
策划编辑：刘　霁
版权编辑：辛　艳
文案编辑：张红丽
营销编辑：张　璐
装帧设计：利　锐
内文插画：滟　子
封面插画：蘑菇君
出版发行：湖南文艺出版社
（长沙市雨花区东二环一段508 号　邮编：410014）
网　　址：www.hnwy.net
印　　刷：北京缤索印刷有限公司
经　　销：新华书店
开　　本：880mm × 1270mm　1/32
字　　数：150千字
印　　张：8.5
版　　次：2015年5月第1 版
印　　次：2015年5月第1 次印刷
书　　号：ISBN 978-7-5404-7151-4
定　　价：38.00元
（若有质量问题，请致电质量监督电话：010-84409925）